中公文庫

あの日の交換日記

辻堂ゆめ

中央公論新社

目次

女教師は、ベッドに横たわったまま、一心《いっしん》不乱《ふらん》に文字を書いている。

彼女は思う。

文章とは、無限大だ。

紙の上では、何にだってなれる。

自分にだって、他人にだって。犬にだって、鳥にだって、神にだって。

光り輝《かがや》いているようでいて、影《かげ》がある。

濁《にご》ったようでいて、透《す》き通っている。

真実は嘘《うそ》になり、嘘は真実になる。

その隙間《すきま》に、私やあなた自身が見え隠《かく》れする。


女教師は、身動きが取れない。

狭く無機質《むきしつ》な部屋の中で一人、重苦しい感情を抱《かか》えている。

ふと天井を見上げる。首元に手をやり、水色の海をそのまま閉じ込めたような美しい石に、じっと思いを馳《は》せる。

そして祈る。

あのペンダントを自らの手で外《はず》す未来が、どうか訪れませんように——と。

あの日の交換日記

「交かん日記をするときのお約束」

◎読みやすい字で、ていねいに書きましょう。

◎ほかの人の悪口は書かないようにしましょう。

◎何を書くかは自由です。その日あったことや最近思ったこと、自分で作ったお話でもかまいません。

◎なやみを打ち明けられたら、優しく相談に乗りましょう。

◎相手がどんなことを書いたとしても、せめたりおこったりしてはいけません。

◎交かん日記をやめたくなったら、きちんと相手に言いましょう。

◎使い終わったノートをどうするかは、話し合って決めましょう。

第一話　入院患者と見舞客

先生へ

学校で、交かん日記っていうのがはやってるって、教えてくれてありがとう！

ほんとはね、クラスのお友達とやってみたかったんだ。ふつうはそうなんだもんね？　でも、先生と交かん日記ができるのも、すごくうれしいよ。

うーん。何を書こうかなって、今まよってるの。あ、漢字をまちがえたらごめんね。まなみね、漢字を覚えるのがとっても苦手なんだ。勉強しても、すぐわすれちゃうの。交かん日記はおもしろそうだから、がんばるけどね！

そうだ、学校のお話を書いてみようかな。まなみが入院する前に通ってた、小学校のこと。

元気いっぱいの四年一組。まなみは三か月前まで、そこにいました。一番仲良くしてたお友達は、さくらちゃんと、すみれちゃん。

さくらちゃんは、名前がさくらだから、ピンク色の物が大好きで、いつも服がピンク。筆箱もノートも、全部同じ色。さくらちゃんはすごくかわいいから、よくにあうんだ。

すみれちゃんは、走るのがすごく速くて、いつもクラスで一番。鉄ぼうでもぐるぐる回れるんだよ。まなみのあこがれです。身長もすごく高くて、同じ四年生のまなみにお下がりをくれるくらい！

まなみも、さくらちゃんも、すみれちゃんも、いつもやさしく国語や算数を教えてくれる先生のことが、とっても大好きです。

はい、学校のお話はここで終わり！

交かん日記って、こんな感じでいいの？　先生、変なところがあったら教えてね。

＊

たくさん書いてくれてありがとう。愛美《まなみ》ちゃんと交かん日記をするのを、先生もとても楽しみにしていましたよ。こんなにかわいいノートを用意してくれたお母さんにも、きちんとお礼を言わないといけませんね。

愛美ちゃんは、今は学校に行けていないわけだし、先生が病室に来て勉強を教えられる回数も少ないので、新しい漢字を覚えるのが大変なのはしかたがないことです。分からないところは一つ一つ、かくにんしていきましょうね。

学校のお話、いいですね！　そうしたら、先生は今の四年一組の様子を交かん日記に書いて、愛美ちゃんにほう告することにしましょうか。

さくらちゃんは今日《きょう》、ピンクのカチューシャをつけて学校に来ていましたよ。最近は図工の時間にちょうこく刀を使って木《もく》はん画を作っているのですが、ピンク色のインクをたくさん使って、きれいなさくらの木を完成させていました。

すみれちゃんは、ちょうど今日の日直でした。ハキハキとしゃべるので、朝の会も帰りの会も、とても聞き取りやすかったですよ。体育でとび箱をやったときも、大活やくしていました。たてに置いた六だんのとび箱を、ぴんと足をのばして、軽々ととんでしまうんです。

二人とも、愛美ちゃんが学校に来なくなって、とてもさびしいと言っていました。病気を治して、早くもどってきてほしいそうですよ。

先生も、四年一組の教室で、大好きな愛美ちゃんやみんなといっしょに勉強したいです。

では、次は愛美ちゃんの番ですね。学校のお話の続きをしてくれるのかな？

あ、そうそう、これはお手紙じゃないので、最初の「先生へ」は書かなくてだいじょうぶですよ。

*

今日はよく晴れてるね、とお母さんが窓の外を見て呟《つぶや》いた。

愛美もつられて、ガラス越しに空を見る。今日の空は、保育園の園庭にあった滑《すべ》り台《だい》の色によく似ていた。水色よりも、ちょっとだけ濃《こ》い青。その上に、白いワカメみたいな形の雲が、ゆらゆらと浮《う》いている。

「空色って言葉、変だと思うな」

「どうして？」

「だって、毎日変わるもん」

「それはそうね。夏と冬では違うかな」

「ううん、季節はあんまり関係ないよ。今日だって、空だけ見れば暖《あたた》かそう」

「すごく寒いんだけどね。今朝《けさ》の気温は一度だったのよ」

お母さんが腕《うで》をさする仕草をしてみせた。でも、愛美にはピンとこない。一度って、どれくらい寒いのだろう。ここ、つばめが丘《おか》総合病院の中は、いつも過ごしやすくて、季節なんて忘れてしまう。

「今、この部屋は何度？」

「ええっと」

お母さんは立ち上がって、エアコンのスイッチがある壁《かべ》に近づいた。

「二十二度だって。寒いの？」

「ううん。知りたかっただけ」

部屋の気温を聞いたらイメージがわくかと思ったけれど、やっぱり想像できなかった。

仕方ないよね。

だって、冬になってから、まだ外に一回も出られていないんだもの。

本当は、大晦日《おおみそか》やお正月くらいは家に帰れるかもしれないと、お医者さんに言われていた。

それなのに、三十九度の熱が一週間以上も続いて、ガイハクキョカは取り消しになってしまった。

あのときは泣いて、怒《おこ》って、布団《ふとん》をバンバン叩《たた》いた。でも、「ごめんね」と何度も謝《あやま》るお母さんのほうが、愛美よりずっとつらそうな顔をしていた。そのことに気づいたとき、胸の奥がチクリと痛んだ。

なんとかリンパ、なんとか病。

この大変な病気にかかっているのは愛美だけれど、お母さんだって、一緒になって戦っているのだ。

だから、今はお母さんのことをなるべく困《こま》らせないように頑張《がんば》っている。点滴《てんてき》の針《はり》を刺《さ》されるときは目をつむって我慢《がまん》する。ものすごく痛い検査を受けるときも、前みたいに嫌《いや》がったりしない。そうすると、お医者さんや看護師《かんごし》さんは「偉《えら》いね」と褒《ほ》めてくれるし、お母さんはほっとした顔をする。

お母さんの笑った顔を見るのが、やっぱり一番嬉《うれ》しかった。

「もうすぐ、先生が来てくださるわよ。今、学校を出た頃じゃないかしら」

「え、そうなの？」

言われて初めて、今日が月曜日だということを思い出した。点滴をしていないほうの手で、「やったあ！」と万歳《ばんざい》をする。

「愛美がそんなに喜ぶなんて珍《めずら》しいわね」お母さんが、リスみたいに目を丸くした。「もしかして、とうとう、勉強が好きになった？」

「うーん、勉強はあんまり。宿題だって嫌《きら》い」

「あら、残念」

「この間から、先生と交換《こうかん》日記を始めたからね、早く渡したいの」

「そういうことね」

お母さんはうんうんと頷《うなず》いて微笑《ほほえ》んだ。「小学生の女の子の間で、流行《はや》ってるみたいだものね」と言いながら、そばの棚《たな》に置いてあった虹《にじ》色のノートを手に取る。

「この交換日記、お母さんが中を見てもいいの？」

「えー、どうしようかな。先生と愛美のなんだけどな」

「じゃあ、いつか気が向いたら読ませてね」

はい、と手渡されたノートを、愛美は右手で受け取り、そっとページを開いた。

先生の綺麗《きれい》な字が目に飛び込んでくる。まるで、書道の教科書に載《の》っているお手本みたいだ。お父さんやお母さんの字よりも、ずっと上手《じょうず》に見える。

「字が綺麗じゃないと、学校の先生にはなれないのかな」

「そんなことはないと思うけど」

「愛美、大人になったら、こういう字を書けるようになりたいな」

ノートをそっと閉じて、胸に抱え込んだ。まだ始めたばかりだけど、この交換日記はすっかり愛美の宝物になっている。

このあいだ初めて交換日記を書いて、返してもらったノートを読んだとき、心がじんわりと温《あたた》かくなった。まさか、先生がこんなにたくさん返事を書いてくれるなんて、思っていなかった。

愛美一人だけの先生ではないのに。

他《ほか》にも、たくさんの生徒がいるのに。

病室にいる愛美のように、たっぷり時間があるわけじゃないのに。

同じくらいページを埋めてくれた先生のことが、今までよりずっと、好きになった。

　コンコンコン、と小さなノックの音がした。

「はーい」

　大きな声で返事をすると、ドアが横に開いて、女の人が顔を出した。今日の服装は、手触りのよさそうな白いカーディガンに、ふわりと裾《すそ》が広がっている茶色い膝丈《ひざたけ》スカート。顔には大きなマスクをつけているけれど、目が笑っているのが分かる。

「愛美ちゃん、こんにちは」

「あ、先生！」

　愛美はさっそく虹色のノートを右手で持ち上げ、大きく横に振った。

「交換日記の続き、書いたよ！」

「こら愛美、まずはご挨拶《あいさつ》でしょう」

　ソファに座っていたお母さんが立ち上がり、ニット帽《ぼう》の上から頭を軽く叩いてきた。慌《あわ》てて「こんにちは」と付け足すと、「今日は体調がよさそうですね」と先生がお母さんに安心した顔を向けた。

　ではよろしくお願いします、と頭を下げ、お母さんは病室を出ていった。先生と勉強をするときは、しっかり集中できるよう、一対一のほうがいいのだそうだ。その間はいったん家に帰って、掃除機《そうじき》をかけたり、洗濯物《せんたくもの》を畳《たた》んだりして過ごしているのだという。

　お母さんがさっきまで座っていたソファに、先生が腰《こし》かけた。二人ともマスクをしていて、見た目がちょっと似ているから、たまにお母さんのことを「先生」と呼んだり、先生に向かって「お母さん」と言ったりしてしまう。

お母さん相手ならいいけれど、先生といるときにそういう失敗をすると、すごく恥《は》ずかしい。点滴の副作用が出たときみたいに、身体《からだ》中が熱くなる。

「交換日記は、家に帰ってから読むわね」

先生は、愛美から受け取った虹色のノートを鞄《かばん》にしまった。その鞄を床に置いたとき、黒くて長い髪《かみ》が揺《ゆ》れた。お花みたいないい香《かお》りがする。

深呼吸をして、その香りをうんと吸い込んだ。

「先生、いい匂いのシャンプー使ってるんだね」

「そう？」

先生は驚いた顔をして、髪に手をやった。

愛美は、いつものように、そのつやつやとした長い髪に見とれた。病気が治って髪が生えてきたら、時間がかかってもいいから、先生みたいなロングヘアにしよう。そんな想像をすると、なんだかワクワクしてくる。

そのとき、先生の首元に、きらりと光る水色のものがあることに気がついた。

「あ、先生。それ、素敵《すてき》だね！」

「ペンダントのこと？　ありがとう」

「水色で、透《す》き通ってて、すごく綺麗」

太陽に照らされた海の水のような輝《かがや》きがとても美しくて、目が吸い寄せられる。視線を逸《そ》らそうとしても、すぐには逸らせない。

「アクアマリン、っていうのよ」

「アクアマリン？」

「この石の名前。パワーストーンっていってね、これを身に着けていると、心が穏《おだ》やかになって、健康運も上がるんだって。このあいだ店員さんにおすすめされて、安かったからつい買っちゃった」

「いいなあ、愛美も欲しいなあ。でも、大人の女の人じゃないと、似合わないかなあ」

「そんなことはないわよ。愛美ちゃんがつけても、きっと可愛《かわい》いわ」

先生はニコリと微笑み、両手を膝に置いた。

「さ、今日は漢字の練習から始めましょうか。宿題は終わってるかな」

「うん。でも、音読のほうがいいなあ」

「どっちが先でも大丈夫よ。じゃ、先生と交代で、一行ずつ読んでいきましょう」

先生が棚から国語の教科書を取り、ページを開いてくれた。

愛美の声と先生の声が、交互《こうご》に病室に響《ひび》く。

本当は、たくさんのお友達と一緒に、教室でできたらいいのにな。

寂《さび》しくならないよう、教科書の端《はし》をぎゅっと強く握《にぎ》りながら、愛美は一生懸命《けんめい》文字を追った。

＊

先生、たくさんお返事をくれてありがとう。「先生へ」って、最初に書かなくてだいじょうぶだったんだね。今日はちゃんと気をつけたよ。

四年一組のこと、書いてくれてうれしい！　先生のおかげで、学校のことがよく分かるよ。ちょうこく刀、まなみも使ってみたいなあ。木はん画って、どんなのだろう？　見たことないから、想ぞうできないな。病院でもできますか、ってかんごしさんに聞いてみたんだけど、木くずが飛び散るからちょっと、って言われちゃった。病院はよごしちゃいけないからね。つまんないな。

とび箱も、やりたいな。でも、ずっと入院してるから、全然とべないと思います。本当は外に出て、マスクを外して、思いっきり走り回りたいよ！　でも、感せんしょうのきけんがあるから、ぜったいにダメなんだって。つまんなーい。

よーし、学校のお話の続きをするね。

さくらちゃんとすみれちゃんは、まなみの家の近くに住んでるの。だから、学校が終わった後に、公園で遊んだりするんだよ。

さくらちゃんが好きなのは一輪車なんだって。すみれちゃんは、ローラーブレードと、ホッピングが得意なの。テレビのコマーシャルで流れてたやつ、お母さんに買ってもらったんだって！　まなみはどっちも苦手だから、いつも二人に教えてもらってるんだ。

さくらちゃんとすみれちゃんが、まなみのたい院を待ってくれてるの、うれしいな。まなみも早く学校にもどって、たくさん遊びたいよ。先生やみんなといっしょに、音読や漢字の練習をしたいよ～。

そのためにもさ、気持ち悪いときも熱があるときもがんばって、病気を治さないとね！

＊

愛美ちゃん、今回もたくさん書いてくれましたね。読むのがとっても楽しいです。

でも、ちょっと心配です。今から愛美ちゃんのところに行く予定にしていたのですが、先ほどお母さんからお電話をいただいて、「熱が出て調子が悪いので、今日はお休みでお願いします」と言われました。

本当に、無理はしないでね。交かん日記も、いつも先生が出している宿題も、体がつらいときはやらなくていいんですよ。愛美ちゃんが早く元気になることをいのりながら、今この日記を書いています。

木はん画のこと、かんごしさんに聞いてくれたんですね。ちょうこく刀を使えないのは残念です。でも、紙はん画ならゆるしてもらえるかもしれませんね。先生からも、お願いしてみようと思います。きょかが出たら、ぜひいっしょに作りましょうね。

さくらちゃんやすみれちゃんと、放課後に公園で遊んでいたんですね。一輪車もローラーブレードもホッピングも、楽しそう。一輪車なら学校にもあるので、二十分休みや昼休みにやってみたらいいかもしれませんね。

今日の四年一組は、とてもにぎやかでしたよ。一月なので、おもちつきのイベントをしたのです。さくらちゃんやすみれちゃんも、すごく喜んでいました。愛美ちゃんもいたら楽しかったのに、と言っていましたよ。

今年は学校が用意したもち米を使いましたが、五年生になると、お米を育てるじゅ業があります。自分たちが一から作ったお米で、おもちをつくんです。田起こしやしろかき、田植え、カラスよけの対さく、そしてかり取り。一年かけて育てるのは大変ですが、おいしいおもちを食べたとき、心からうれしい気持ちになりますよ。

それまでに、学校にもどれるといいですね。先生は、毎日がんばっている愛美ちゃんのこと、全力でおうえんしていますよ！

＊

すー、はー、すー、はー。

ううん、まだ大丈夫。気持ち悪くなんかない。

割り算の筆算を、あと二つ、解《と》かなくちゃ。

でも、答えが分からない。頭がぐるぐるして、数字が遠くに飛んでいく。

鉛筆《えんぴつ》を持った手を胸に当てて深呼吸をしていると、先生が心配そうに愛美の顔を覗《のぞ》き込んで、背中にそっと手を当てた。

「愛美ちゃん、大丈夫？　顔色が悪くなってきたみたいだけど」

「あとちょっとだから、やる」

「無理しちゃダメ。先生と勉強するのは、愛美ちゃんが元気なときでいいんだから」

「でも――」

吐《は》き気《け》が強くなってきて、口を押さえた。急に両目が熱くなる。「今日は終わりにしましょう」と先生が携帯電話を取り出すのを見て、涙《なみだ》がぽろぽろとこぼれてしまった。

「せっかく、先生に、久しぶりに会えたのに」

悔《くや》しさいっぱいに呟いたときには、先生はもう電話を始めていた。えっ、本当ですか、すぐに戻ります、と慌てて答えるお母さんの声が、愛美の耳にも届く。

最近、毎日こうだった。

ずっと気持ち悪い。トイレに行って、吐いてしまうことも多い。昨日《きのう》の夜なんて、鼻血が止まらなくなった。何枚も何枚も、ティッシュが赤く濡《ぬ》れた。

先生は、一緒に勉強するのは元気なときだけでいいと言う。

だけど、本当に、元気になれるのかな。

愛美の病気は……治るのかな？

今朝は、いつもより体調がよかった。だから、お母さんにお願いして、先生に来てもらうことになった。宿題もできるところまでやったし、交換日記のお返事も書いた。

それなのに。

ぐすぐす泣いて、何も喋《しゃべ》れなくなっている愛美の背中を、先生は一生懸命さすってくれた。お母さんが戻ってくるまでに、トイレで一回吐いた。汚《きたな》いし、すごく臭《くさ》いのに、先生は優しく声をかけながらそばについていてくれた。

しばらくして、お母さんが病室に駆《か》け込んできた。「どうもすみません」「いえいえ」という会話の後、先生が鞄を肩にかけた。

「もう行っちゃうの？」

「今日はしっかり身体を休めないとね。大丈夫よ、すぐにまた来るから」

「交換日記、書いたからね。ちゃんと読んでね！」

「ええ」

先生は微笑み、小さく手を振って、病室を出ていった。先生の茶色いスカートがドアの向こうに消えたとき、また涙があふれた。お母さんがニット帽の上から頭を撫《な》でて、そっと抱きしめてくれた。

「ねえ、お母さん」

「何？」

「次は先生にいつ会える？」

「調子がよかったら、すぐよ」

そんなこと言って、最近はずっと、体調がいい日なんてない。

「なんで毎日、こんなに気持ち悪くなるの」

「これはね、お薬が効《き》いてる印なのよ。愛美の身体の中にある、悪い細胞《さいぼう》をやっつけてくれてるの」

「でも、いい細胞も一緒に壊《こわ》しちゃうんでしょ」

「そうね。強いお薬だから……」

お母さんは言いにくそうに黙《だま》ってしまった。愛美が質問すればするほどお母さんがつらくなると分かっているのに、言葉が止まらない。

「あとどのくらい？」

「え？」

「……お医者さんに、聞いてみないとね」

愛美を抱きしめていたお母さんが、身体を離した。点滴に繋《つな》がれている左手が目に入る。コーガンザイ、ってお医者さんは言っていたっけ。その強い薬が、今も腕に注がれ続けている。

全部、これのせいだ。

細胞を攻撃して、破壊してしまう、点滴のせいだ。

針を引っこ抜きたくなる。チューブをちぎって、液体の入った袋を窓から投げ捨て、スタンドを倒してしまいたくなる。

でも、知っている。この薬がないと、愛美は生きていられない。

気持ち悪くなって、吐いて、鼻血が止まらなくなって、髪が全部抜けて、顔がパンパンに腫《は》れても、コーガンザイには感謝しなくちゃいけないんだ。

お母さんがぼうっとこちらを見つめているのに気づいて、愛美は頭から布団をかぶった。

早く、ここを出ていきたい。つばめが丘総合病院は、まだ新しくて綺麗だし、いつも暖かくて居心地がいいけれど、こんなところにずっといるなんて嫌だ。

みんなと同じように学校に行って、一生懸命勉強をして、校庭を駆け回りたい。

交換日記に、書いたみたいに。

＊

おそくなっちゃってごめんね。今日はやっと先生に会える日！　なので、急いで書いてるよ。紙はん画なら、病院でもできるかもしれないんだね！　いつも国語と算数ばっかりだから、今度は図工もやりたいな。楽しみ、楽しみ。

一輪車も、おもちつきも、いいなあ。まなみも病院のボランティアさんとお正月かざりを作ったけど、おもちつきはしてないよ。五年生になったら、自分でお米を育てるんだね！　どろんこになるのかな。おせんたくが大変そう。

今日は、みんなの好きな教科のことを書くよ。

さくらちゃんはね、国語。音読が、だれよりも上手なんだよ！　いつも、本をたくさん読んでるんだって。おもしろい本があると、かしてくれるんだよ。漢字も何でも知ってて、六年生の漢字まで覚えてるんだって。

すみれちゃんは、算数が得意なの。暗算が速くてね、まなみは全然追いつけないんだ。わり算の筆算も、完ぺきだって。分からないところを聞くと、やさしく教えてくれるんだよ。

さくらちゃんとすみれちゃんと三人で、昼休みにおにごっこするのが好きなんだ。元気になったら、いっぱい走りたい！

あ、大変。もうすぐ先生が来る時間だ。

先生、まなみは元気でいられるようにがんばるから、またすぐに来てね。ちょっと気持ち悪いくらいだったら、お休みにしなくていいからね。まなみは先生に会いたいんだよ。交かん日記の続きも、早く読みたいの。

＊

　愛美ちゃんは強いなあ、と思います。あんまり心配しすぎると、おこられちゃいそうですね。せっかくの交かん日記ですから、楽しい話をしましょう。

　紙はん画については、かんごしさんのきょかが取れました。おふとんやテーブルをよごさなければだいじょうぶだそうです。今度、画用紙やインクを持っていきますね。

　さくらちゃんやすみれちゃんのことも、書いてくれてありがとう。国語や算数が得意なお友達がいて、心強いですね。でも、愛美ちゃんも、とても音読が上手だと思いますよ。漢字のまちがいもないし、わり算の筆算もよく勉強していると思います。学校にもどったら、みんなにたよりにされるかもしれませんね。

　最近の四年一組は、持《じ》きゅう走の練習をしています。四年生は八百メートル走るんですよ。五年生になったら、一・五キロメートルです。急にきょりがふえますね。

　さくらちゃんもがんばっていますが、すみれちゃんは走るのが得意なので、練習のときから一位を取り続けています。本番もいい成せきが出そうです。

　もうすぐ二月ですね。先生も、いつも愛美ちゃんに会うのを楽しみにしています。愛美ちゃん、ファイト！

＊

朝方、ふと目を覚ますと、お母さんが泣いていた。

起きていることに気づかれないよう、薄《うす》く目を開けて観察する。ソファに座っているお母さんは、愛美と先生の交換日記を読んでいた。

ずびっ、ずびっ、と鼻を啜《すす》る音が聞こえる。

あの日記を読まれたと思うと、恥ずかしくて顔を両手で隠してしまいたくなった。ぼんやりとしていた頭が、急にしゃきっとする。

あまり長くないはずの交換日記を、お母さんは何度も何度も読み返していた。最後のページまで行くと、また最初から。そして途中で手を止めて、ずびっ、と鼻を啜る。

とうとう我慢できなくなって、愛美はお母さんに話しかけた。

「ねえ、お母さん」

「あっ……起きてたの」

お母さんは気まずそうな顔をして、虹色のノートを閉じた。

「先生との交換日記、読んだんだね」

「うん。勝手にごめんね」

「いいよ。別に、秘密《ひみつ》ってわけじゃないもん」

そう答えながら、さっきまで見ていた夢《ゆめ》のことを思い出した。先生と一緒に、カラフルな紙はん画を作っている夢だ。このあいだ先生がせっかく画用紙やインクを持ってきてくれたのに、その日は調子が悪くてできなかったから、すごく悔しかったんだ。

「お母さん、お願い」

「何？」

「今日、先生が来るの、お休みにしないで」

「でも……まだ熱が下がらないでしょう。口内炎《こうないえん》もひどいし、喉《のど》も痛いって言ってたじゃない」

「交換日記、せっかく書いたんだもん。先生に渡したいの」

「それだけのために来てもらうのは、ご迷惑《めいわく》でしょう。勉強はできないのに……」

「嫌だ！　渡す！」

お母さんが困った顔をした。ふうとため息をついて、愛美の頭をニット帽の上から撫でる。

「分かった。あとで先生に電話しておくから、今は寝ていなさいね」

「うん！」

ずっと渡せていなかった交換日記の続きができると思うと、心の中がぱっと明るくなった。枕《まくら》に頭をのせる。また紙はん画の夢を見られるかな、とワクワクしながら目を閉じた。

どれくらいの時間が経っただろう。小さな声が聞こえ、愛美は目を覚ました。

ベッドの隣で、お母さんと先生が話している。

「どうもすみません、お呼び立てして」

「いえいえ、大丈夫ですよ。今日は単純《たんじゅん》に、お見舞いのつもりで来ましたから」

「愛美がどうしても、交換日記を先生に渡したいって聞かなくて。宿題をやる元気はないのに、これだけは一生懸命書くんですよ」

愛美はその会話をぼんやりと聞いていた。熱があって、身体がだるい。今朝は大丈夫だと思ったのに、そのあと熱が上がってしまったのだ。お布団をかぶっていても寒くて身体がぶるぶると震《ふる》えるし、吐き気も収まらない。

「これ、お願いします」

「ありがとうございます」

虹色のノートを、先生がお母さんから受け取ったようだった。本当はベッドから起きて、自分で渡したかったのに。

お布団の中でもぞもぞと動くと、先生の優しい顔がひょいと視界の端に現れた。

「愛美ちゃん、頑張って書いてくれてありがとう。お返事書くからね。またね」

うん、と小さく頷くことしかできなかった。二秒くらいだけ手を振って、すぐにまた目をつむる。

ドアが開いて、閉まる音がした。

その夜、お父さんが病室にやってきた。

「愛美、調子はどうだ」

ベッドの柵《さく》に手をついて、大きなマスクをつけたお父さんが覗き込んでくる。たくさん寝たからか、昼間よりずっと体調はよかった。

そのことを話すと、お父さんは目を細めた。笑っているみたいだ。でも、ちょっと無理しているようにも見えた。

「あのね、大事な話があるの」

ソファに座っていたお母さんが立ち上がって、お父さんの隣に立った。なんだか、真剣《しんけん》な顔をしている。今まで見たことないくらい深いしわが、おでこのところに寄っていた。

「どうしたの」

愛美は身体を起こし、ベッドの上に座った。なぜだか、きちんとした姿勢《しせい》で話を聞かないといけないような気がした。

お父さんとお母さんが顔を見合わせた。どっちの口から話そうか、と迷《まよ》っているようだった。しばらくして、お父さんがベッドの脇《わき》にしゃがみ込んだ。愛美の目を正面から見つめて、低い声で話し出す。

「話というのはね、これから愛美が受ける、治療《ちりょう》のことなんだ」

「治療？」

「今までずっと、点滴やお薬だけで治そうとしてきただろう。それで治る可能性《かのうせい》が高い病気だから、ってお医者さんにも言われていたんだ。だけど、ものすごく長い時間がかかっているよね」

「うん」——本当に、ものすごく、長い。

「だからね、そろそろ次のステップに進まないといけないんだ。コツズイイショク、っていうんだけど」

　何だ、それ。

　聞いたことのない言葉に、愛美は首を傾《かし》げた。漢字も意味も、全然分からない。

「愛美がかかっているのは、血を正しく作ることができなくなる病気だってことは知ってるよね。コツズイというのは、骨の中にある、血を作る場所のことなんだ。イショクというのは、移し替えること」

「血を作る場所を……移し替える？」

「そう。他の人のコツズイをもらって、それを愛美の身体に入れるんだ」

　みんなができる治療法じゃないんだよ、とお父さんは言った。

　コツズイにもいろいろな種類《しゅるい》があって、同じ型でないと身体が受けつけてくれないこと。愛美のような病気にかかっている人にコツズイをあげるため、たくさんの健康な人が、コツズイバンクというところに情報を登録していること。

　幸運なことに、愛美と同じ型を持つ人がその中にいて、手術《しゅじゅつ》をしてもいいと言ってくれていること。

「それをすると、病気が治るの？　また、普通《ふつう》の血が作れるようになるの？」

「きっとそうなるはずだ。でも、絶対じゃない」

　お父さんは苦しそうな顔をしていた。病室の温度は高くないのに、おでこに汗がぷつぷつと浮き出ている。

「他の人の身体の一部をもらって、自分のものにするというのは、本当に大変なことなんだ。新しいコツズイと、もともとあった細胞が、喧嘩《けんか》を始めてしまうかもしれない。その二つが攻撃し合うせいで、愛美の身体がひどく弱ってしまうかもしれない。どうなるかは、やってみるまで分からないんだよ」

「そう……なんだ」

「それに、コツズイイショクをする前には、無菌室《むきんしつ》という特別な病室に入らないといけないんだ。面会できるのは家族だけだから、先生やボランティアさんには会えなくなる。お父さんやお母さんだって、今のように気軽には入れない。話をするときは、ガラス越しになるんだ。愛美はそこで、一人で戦わないといけない」

「そこで、何をするの？」

「今までよりずっと多くのコーガンザイを、身体に入れる」

「えっ」

全身が硬《かた》くなる。嫌だ、という言葉が喉まで上がってきた。

今よりたくさんだなんて、嘘《うそ》だ。

嘘だ。

「そんなことしたら、死んじゃうよ！　コーガンザイに殺されちゃうよ！」

「うん。血を作るための組織《そしき》を、いったん全部、壊してしまうことになるからね。そのまま放っておいたら、愛美は死んでしまう」

「ほら……」

「そこで、コツズイイショクをするんだ。新しいコツズイと、愛美の身体が仲良くしてくれれば、すぐに普通の血が作られるようになる。病気がカンチするんだよ。完全に、治るんだ」

お父さんの声には、熱がこもっていた。大きくて分厚《ぶあつ》い手が伸びてきて、愛美の右手を包み込む。

「怖《こわ》がらせるようなことを言ってごめん。でも、愛美はもう十歳だから、こういうこともきちんと話しておこうって、お母さんと相談して決めたんだ」

「そうよ」

隣に立っているお母さんが、今にも泣き出しそうな顔をして頷いた。

「愛美に、あと少しだけ、頑張ってほしいの。元気になって、学校に行けるようになるために」

「どうかな。頑張れそうか？」

お父さんとお母さんが、瞳《ひとみ》を震わせて、愛美のことを見つめている。

うん分かった、とすぐに答えたかった。

けれど、勇気が出なかった。

そのまま放っておいたら、死んでしまうくらいの量の、コーガンザイ。

一日に何回、吐くことになるだろう。どのくらいの高熱が出るだろう。口の中が口内炎だらけになって、皮膚《ひふ》にも赤いブツブツができて、爪《つめ》が黒くなって、ご飯も食べられなくて、ベッドから動けなくなって――。

「その、コツズイイショクっていうのをやらないと……愛美は、死んじゃうの？」

「それは、今すぐにというわけじゃないけど――」

お父さんが何かを言いかけた。だけど、それ以上の言葉は返ってこなかった。

死ぬのは嫌だ。

でも、死ぬほど苦しい思いをするのも、嫌だ。

急に気持ちが悪くなってきた。晩御飯《ばんごはん》に出たポテトサラダが、胃の中で暴《あば》れ始める。

「もう、寝たい」

お父さんとお母さんが悲しむのは分かっていたのに、それしか言えなかった。

白い布団を引き寄せて、頭からかぶる。自分の熱い息が跳《は》ね返って、顔にかかった。

「やっぱり、こんなこと言わないほうが――」

「でも、治療を始めたら、もう後戻りは――」

二人が小声で会話しているのが聞こえる。

ううん、話してくれてありがとう、お父さん。

分かってるよ。病気を治すためには、頑張るしかないってこと。

だけど――怖いものは、怖いんだ。

*

先生、まなみは全然強くないよ。

体調が悪くて紙はん画ができなかった日、先生が帰った後、ずっと泣いてたの。ふつうの四年生は、もうわり算の筆算は完ぺきかな。まなみはね、もうたぶんわすれちゃったよ。ずっと勉強できてないんだもん。

勉強はきらいだけど、でもやりたいよ。病気なんてなかったらいいのにね。

持きゅう走、いいなあ。まなみも走ってみたい。こんな体じゃ、できないけどね。

あーあ、まなみって弱いな。

先生ごめんね。本当は、さくらちゃんやすみれちゃんと参加した運動会のお話や、入学式のお話を書こうと思ってたんだけどな。楽しいことが頭の中にうかんでこない日なの。

ねえねえ、まなみの病気って、治るのかなあ？

なんとかリンパ、なんとか白血病《はっけつびょう》。

どのくらいしたらたい院できて、学校に行けるようになるのか、先生、知ってますか？

あ、ページがちょっとぬれちゃった。水をこぼしちゃったの。よれよれだけど気にしないでね。

今日はちょっと短いかな。でも、先生からのお返事、楽しみに待ってます！

＊

愛美ちゃん、無理に学校のお話を書こうとしなくていいんですよ。

さくらちゃんやすみれちゃんのことを書くのは、気分が乗るときだけにしましょう。

楽しいときも、そうでないときも、すなおな気持ちをはき出す先が、この交かん日記であってほしいです。先生が愛美ちゃんと交かん日記をしたいと思ったのは、そのためなんですよ。

病気はきっと治ると、先生は信じています。

お父さんやお母さんも、同じ気持ちでしょう。いいえ、もっと強い気持ちで、愛美ちゃんのことを信じているでしょうね。

大変な治りょうも乗りこえてくれると。

家で楽しくご飯を食べて、毎日学校に通える幸せな未来のために、いっぱいがまんをして、がんばってくれると。

ふつうの四年生とくらべて、愛美ちゃんはこれまでに、十倍も、百倍も、千倍も大変な思いをしています。

そんな愛美ちゃんには、自分に打ち勝つ力というのが、そなわっているはずです。

それはいつか、中学生や高校生、そして大人になったときに、愛美ちゃんの強いぶ器《き》になることでしょう。

お母さんから聞きました。治りょうが、次のステップに進む予定だそうですね。

そうやって階だんを上っていった先に何があるのか。愛美ちゃんはしょう来、何をしたいのか。ぜひ、しっかり考えてみてください。

＊

何度も何度も、先生のお返事を読み返した。

――愛美ちゃんはしょう来、何をしたいのか。

そういえば、きちんと考えたことがなかった。保育園に通っていた頃は、ケーキ屋さんとかパン屋さんとか、周りのみんなと似たような「将来《しょうらい》の夢」を口にしていた。でもその後は、何も思いつかなくなった。

不思議な気分だった。最近はずっと、生きられるのかどうか、それだけが心配だった。十年後や二十年後の自分なんて、想像しようとも思わなかった。

もし、大人になれるのなら。

どんな人に、なろうかな――。

「愛美」

名前を呼ばれ、びっくりしてノートを閉じた。キラキラとした虹色の表紙が、窓から差し込んだ西日を跳ね返す。その光がまぶしくて、愛美は思わず目を瞬《またた》いた。

いつの間にか、ドアからお母さんが入ってきていた。ふわふわとしたベージュ色のコートを脱ぎながら、ソファに腰かける。

「起きてたの？」

「うん」

「さっそく、交換日記のお返事を読んでたのね」

「先生が今日来るなんて、知らなかったよ。土曜日なのに」

「お母さんも驚いたわ。昨日いらっしゃったばかりなのにね。昼過ぎくらいに訪ねてきて、このノートを愛美にって」

「来てたなら、起こしてほしかったなあ」

「だって、よく寝てたから。昨日の夜は、あまり眠れなかったんでしょう」

お母さんは、何でもお見通しだ。

コッズイイショクのことを聞かされた後、ずっと心臓《しんぞう》がドキドキしていた。せっかく布団をかぶったのに、目はぱっちりと冴《さ》えていて、寝返りばかり打っていた。きちんと眠れたのは、病室の窓がほんのり明るくなってからだった。

「少し、顔色がよくなったわね」

「そう？」

「やっぱり、睡眠《すいみん》は大事よ」

「さっきまで、どこに行ってたの？　家？」

「そう。洗濯物を取り込んで、ご飯の準備をして」

「お父さんは？」

「本屋さんに行ってる。愛美が好きそうな本を買ってくるんだって」

「ええっ、まだいっぱいあるのに！」

棚を振り返って、積んである本を数えた。まだ読んでいない本が、全部で五冊ある。お父さんは、いったい何冊買ってくるつもりだろう。十冊以上になってしまったら、いつまでも読み終わる気がしない。

「あのさ、お母さん」

「何？」

「無菌室って、ばい菌を持ち込んじゃいけない部屋なんでしょ。本は持って入れるの？」

愛美が質問すると、お母さんは目を真ん丸にした。

「え、ええ。新しいものなら大丈夫みたいよ」

「じゃあ、お父さんが買ってくる本はいいんだね。で、図書館のとか、家にもともとあったものはダメ。学校の教科書や、使ってたノートも」

「そうね」

「でも、身体がつらすぎて、どうせ本なんか全然読めないかもしれないよね」

「うん……」

お母さんが不安そうにこちらを見た。「そんな顔しないで」と、愛美は点滴に繋がれていないほうの右手を腰に当て、頬《ほお》を膨《ふく》らませた。

昨日の夜、お母さんは先生に電話したのだろう。コッズイイショクのことを相談したのだ。それで、愛美の今の状況を知った先生は、急いで続きを書いて、今日ノートを持ってきてくれた。

やっぱり、すごいな——と、思う。

全然会えていないのに、交換日記を読めば、先生のまっすぐな思いが伝わってくる。

愛美の不安な気持ちに、ページの向こうにいる先生は、きちんと応えてくれる。

さっき閉じてしまった虹色のノートの表紙に、そっと触れてみた。なんだか、少し温かいような気がした。中に詰《つ》まっている先生の優しさが、手の皮膚を通じて愛美の中に入り、身体中を巡《めぐ》っていく。

さくらちゃん。すみれちゃん。四年一組。日直。朝の会。帰りの会。彫刻刀《ちょうこくとう》。版画《はんが》。跳《と》び箱。一輪車。昼休み。おもちつき。持久走。

先生は、愛美の世界を広げてくれた。

病室から、学校へ。

学校から、未来へ。

まだ見ぬ、愛美の将来へ。

「……あのね、武器《ぶき》なんだって」

「え、武器？」

「愛美は病気になって、普通の四年生より、十倍も、百倍も、千倍も大変な思いをしたから。中学や高校に入っても、大人になっても、これは役に立つんだって」

「先生が、そう書いてくれたの？」

愛美は大きく頷き、点滴に繋がれていない右手で虹色のノートを引き寄せた。

「お母さん、鉛筆取って」

「あら早い。もう続きを書くのね」

「あと、コツズイイショクって、漢字教えて」

「え？」

「愛美、頑張るから。無菌室に入って、コーガンザイの治療が始まったら、もう今までみたいに会えないんでしょ。そのこと、先生にちゃんと言いたいから。いったん、交換日記は終わりにしますって」

はい、と手を差し出す。

お母さんは肩を震わせながら、棚からピンク色の筆箱を取り、鉛筆を一本出した。

「……強くなったね、愛美」

渡された鉛筆を持ち、新しいページを開ける。

不意に、涙がこぼれそうになった。ぐっとこらえて、鉛筆の先を白い紙へと近づける。

――先生。

愛美は深く息を吸い込み、最後の交換日記を書き始めた。

骨髄《こつずい》移植《いしょく》の前処置のため、愛美が無菌室に入ることになったのは、二月の終わりの土曜日のことだった。

朝ご飯を食べて、しばらくベッドで待っていると、看護師さんが呼びに来た。部屋の清掃《せいそう》が終わり、準備ができたのだという。

「いよいよだな」

綺麗になった病室を見回し、お父さんが胸の前で右手の拳《こぶし》を握った。身の回りの荷物をまとめた大きな手提《てさ》げ袋が、その腕にかかっている。

　その真剣すぎる顔を見て、愛美は思わず噴《ふ》き出した。

「なんか、お父さんのほうが気合い入ってるみたい」

「そ、そんなことはないぞ」

「愛美の代わりに無菌室に入ってくれたらいいのにな」

「お父さんだって、できることならそうしたいさ。神様はどうして愛美のことばかりいじめるんだ。不公平じゃないか！」

　お父さんがわざとらしく目を吊《つ》り上げて、どんどんと足を踏《ふ》み鳴らす。「今いじめられておけば、いつかいいことが返ってくるわよ」とお母さんが微笑んだ。

「ねえ、先生は？」

「そろそろいらっしゃると思うけど」

　お母さんが病室のドアを振り向く。するとタイミングよく、遠慮《えんりょ》がちなノックの音がした。

「はーい！」

　愛美はドアに駆け寄った。スライド式のドアを勢《いきお》いよく開《あ》けると、先生の驚《おどろ》いた顔が現れた。黒くて長い髪がふわりと揺れ、愛美の好きなお花の香りが漂《ただよ》う。

　さっきからずっと胸に抱えていた虹色のノートを、愛美は先生に向かって差し出した。

「交換日記、書いておいたよ！」

「あら、本当？　ありがとう」

「あとで、学校かおうちに帰ってから見てね」

「分かった。お返事を書いたら、お母さんにお渡しすればいいのかしら」

「ううん。交換日記はね、いったん終わり」

無菌室には新品のものしか持ち込めないのだと説明すると、先生は残念そうに唇《くちびる》を結《むす》んだ。

「それじゃ、愛美ちゃんが普通の病室に戻ってきたら、また続きをしましょうか」と提案《ていあん》する先生を前に、愛美はゆっくりと首を左右に振った。

「骨髄移植が終わったら、愛美は絶対に元気になるから。すぐに退院して、学校に行くから。だから、先生との交換日記はここまで。そのノートは、先生が持ってて」

「それは悪いわ。読んだらきちんと返しますよ。この可愛いノート、愛美ちゃんのお母さんがご用意してくださったものだし」

「いいえ先生、大丈夫ですから」愛美の代わりに、お母さんが答えた。「どうしても、先生にもらってほしいそうなんです」

「でも――」

「覚えててほしいから」

愛美は一歩前に進み出て、先生が腕にかけている灰色のコートを引っ張った。

「四年一組のことも、さくらちゃんのこともすみれちゃんのことも、愛美のことも――全部、忘れないでほしいの。先生は、愛美の大事な先生だから」

「……そう」

先生はしばらく黙った後、いつもの柔《やわ》らかい笑顔を作った。

「じゃあ、この交換日記は、先生が預《あず》かるわね」

「うん！ たまには読み返してね」

「もちろんよ」

「先生、ありがとうね。愛美のために、週に何回も病院に来てくれて」

「当たり前でしょう。愛美ちゃんは、先生の大事な教え子だもの」

「骨髄移植、頑張るからね！」

「ええ。応援してます」

　そろそろ行こうか、というお父さんの声に押されるようにして、廊下《ろうか》に出た。

　看護師さんに連れられて、歩き始める。後ろを向くと、明るい虹色のノートを胸に抱えた先生が、愛美たちのことを見送っていた。

「先生、バイバイ！」

「愛美ちゃん、頑張ってね！」

　別れるのは悲しかった。だけど、前を向く。愛美は、可能性がいっぱいの未来に向かって、勇気を振り絞《しぼ》って、進んでいかなくてはならないのだ。

　検査。点滴。副作用。副作用の治療。

　ずっと同じことの繰《く》り返《かえ》しだった病院生活が、今、変わろうとしている。

　小学校の入学式に行きたかったと泣いた入院初日から、もうすぐ丸四年。

　長かった四年間を思い返しながら、遠く小さくなっていく先生に向かって、愛美は大きく手を振り返した。

＊

先生、まなみの学校ごっこに付き合ってくれて、どうもありがとう。

あのね。交かん日記に何を書いたらいいか、分からなかったの。

変だよね。交かん日記がはやってるって先生から聞いて、「やりたい！」って言いだしたのはまなみなのにね。

だって、ふつうはみんな、学校のことを書くんでしょ。まなみは、ほ育園しか行ったことなくて、一年生になる前からずっと病院にいるから、全然、書くことがなくて。でも、まなみも、ふつうの四年生の女の子がやってるみたいな、楽しい交かん日記を書いてみたくて。

学校がどんなところかは、お父さんが買ってくれる本にもよく出てくるから、それを見ながら書こうと思ったんだけどね。

やっぱり、むずかしかったな。

でもね、交かん日記のお返事を初めて読んだとき、感動したよ！　先生もいっしょになって、四年一組のお話を作ってくれるなんて、思わなかったから。ものすごく、うれしかったです。

分からない言葉（日直とか、ちょうこく刀とか、はん画とか、しろかきとか、持きゅう走とか）をお母さんに聞きながら、交かん日記のお返事を読むのは、とっても楽しかったよ。

先生が本物の学校のことをいっぱい書いてくれたおかげで、まなみはいろいろなことを知ることができたよ。

本物の学校に通えるようになったら、本物の友達を作って、本当にその日にあったことをきちんと書いて、ふつうの交かん日記をしたいな。

みんなは、ずっと入院してたまなみが交かん日記なんてしてたわけないと思うだろうけど、先生とやってたから、自まんできるね！


先生、まなみのうそに付き合ってくれて、ありがとう。

一年生のときから四年間、勉強を教えてくれて、本当にありがとう。

骨髄移植、がんばるね。

まなみがずっとずっと生きられるように、おうえんしててね。

＊

愛美ちゃんの病気が治りますように。

退院して、本物の学校に行って、お話の中のさくらちゃんやすみれちゃんのような、素敵なお友達に出会えますように。

一生懸命、祈っています。

＊

桜が、美しく散っていた。

つばめが丘総合病院にも、桜の木はあった。だけど、風に乗って青空へと飛び立っていくピンクの花びらは、小学校の校門という特別な場所にあるからこそ、希望に輝いているように見える。

背中には、赤いランドセル。五年と少し前に、「来年には小学生だからね」とおばあちゃんが買ってくれたのに、ずっと使えていなかったもの。

「桜、綺麗ね」

「うん」

隣に立っているお母さんが話しかけてきたけれど、ものすごく緊張《きんちょう》していて、ロボットのように頷くことしかできなかった。

六年生になった愛美は、恐《おそ》る恐る、けれどしっかり胸を張って、桜の木の下をくぐった。

六年三組の担任は、お父さんよりずっと年上に見える、男の先生だった。

「大変だったねえ。入院してたのは、一年生になる直前から――ええっと、いつまでだったかな」

ゆっくりと階段を上りながら、おじさん先生が話しかけてくる。体力のない愛美に合わせてくれているみたいだ。六年生の教室に行くには、三階まで階段を上らなくてはいけないのだという。

「五年生の夏まで、です」

「そうか。退院したからといって、すぐに学校に通えるようになるわけじゃないんだな。まだ治療は続いてるんだろう？」

「はい。いろいろ、飲まなきゃいけない薬があって」

「それなら、給食のときには忘れないようにしないとな。先生も覚えておくようにするよ」

「ありがとうございます」

三階の廊下を、先生と並んで歩く。すぐ目の前の教室は六年一組だった。同い年の子どもがたくさん座っている光景がちらりと見えて、足がすくみそうになる。

六年二組の前を通り過ぎて、三組の教室に差し掛かった。後ろのドアから顔を覗かせた男の子が、「来たぞっ」と教室の中に向かって叫んだ。

わあ、という歓声《かんせい》が聞こえてくる。

「こら、席に座っていなさいと言ったのに」

呆《あき》れた声を出しながら、先生がそのまま廊下を進む。愛美はランドセルの肩ベルトをしっかりとつかんで、後ろのドアの前を駆け抜けた。

教室前方のドアの手前で、先生が足を止めた。こちらを振り返り、小さな声で言う。

「ちょっとだけ、ここで待っていてくれるかな。呼んだら入ってきて。さっき言ったとおり、自《じ》己《こ》紹介《しょうかい》をしてもらうからね」

「分かりました」

先生が教室へと入っていく。「おい、そこ、なんで立ってるんだ！」という大きな声と、みんなの笑い声が聞こえてきた。

心臓の音が、耳の中で響く。

大丈夫、大丈夫――と、必死に自分に言い聞かせる。

ようやく教室が静まって、先生が話し始めた。

「先週話したとおり、今日から新しい仲間が加わります」

自己紹介って、何を言えばよかったんだっけ。

今朝お母さんに教えてもらった、緊張しないおまじないって、どんなのだったっけ。

「五年以上、ずっと病気で入院していて、学校に通うのは今日が初めてだそうです。普通の転校生とはちょっと違いますから、皆《みな》さん、いろいろ教えてあげてくださいね」

ふと、病院に毎週訪ねてきてくれた、あの大好きな先生の優しい笑顔が、頭に浮かんだ。

そうだ、交換日記。

思い出した途端《とたん》、嘘のように緊張が消えていった。

本物の学校に通うのは初めてだ。

だけど、あの交換日記の中で、愛美はずっと練習していたじゃないか。

これから行われるのが朝の会ということだって、それを仕切るのが日直の仕事ということだって、ちゃんと知っている。

「それでは紹介しますよ。さ、どうぞ中に入って」

ランドセルの肩ベルトから両手を離し、姿勢を正した。それから、少しだけ目を閉じた。

大丈夫、大丈夫。

すうと息を吸って、一歩、前へと踏み出す。

視界が明るくなった。

黒板が見えた。

担任の先生が見えた。

綺麗に並んでいる机が見えた。

色とりどりの服を着た、みんなが見えた。

あの日、紙の上で夢見た未来が、目の前に広がっている。


「交かん日記をするときのお約束」
◎何を書くかは自由です。その日あったことや最近思ったこと、自分で作ったお話でもかまいません。

第二話　教師と児童

先生、聞いて。
私は人殺しになります。
犯罪者《はんざいしゃ》になります。
大きらいなあの子を、めちゃくちゃにして、人生を終わらせてやる。
もう決めたことだから、絶対に実行するよ。
お願いだから、じゃましないでね？
ちなみに、殺す相手は、このクラスにいる大杉寧々香《おおすぎねねか》です。
さあ、にくいあの子を、どうやって殺してやろうかな。
ナイフでさす？
川にしずめる？
首をしめる？
それとも、学校の屋上からつき落とす？
どれがいいかな。

なんだかワクワクしてきちゃった。

他《ほか》によさそうな殺害《さつがい》方法があったら教えてね、先生。

*

学校なんて、何にも楽しくない。

入学してから六年間、いいことなんて一つもなかった。

ほら、今日《きょう》の天気も曇《くも》り。私の心の中を、鏡《かがみ》で映《うつ》し出しているみたいだ。

こんな日でも教室でわいわい騒《さわ》いでいる能天気《のうてんき》なクラスメートたちが、本当にバカらしく見える。

「今日は金曜日ですから、交換《こうかん》日記を集めます。出していない人は、今持ってきてくださいね」

先生が、みんなに呼びかけている。近くに座っていた男子たちがバラバラと立ち上がり、脇《わき》腹《ばら》をつつきあいながら教室の前方へと歩いていった。

四月の初めに先生が用意した、手帳《てちょう》くらいのサイズのノート。表紙はいろんな色があって、ジャンケンで勝った人から選べることになっていた。私は早々に勝ち抜けたけれど、人気のない灰色を選んだ。だって、「ピンク、いいなあ！」だとか、「あ、黄色可愛《かわい》いね！」だとか、そういう会話をするの、とっても面倒《めんどう》だから。

「いーのうーえ先生！」

「なあに？……あっ、こら！」
交換日記を提出《ていしゅつ》しに行った男子が、先生に膝《ひざ》カックンをしている。不意を突《つ》かれた先生は、笑いながら机に手をついた。一つに束《たば》ねた黒いロングヘアと、シンプルな白いブラウスに隠《かく》れた胸元《むなもと》が、その拍子《ひょうし》に揺《ゆ》れる。

先生はとても綺麗《きれい》だ。年齢《ねんれい》は教えてくれないけれど、見た目は若い。それに、けっこうお洒落《しゃれ》。体育以外のときは、ふわりと広がる上品な膝丈《ひざたけ》スカートをはいていて、首元に水色の石のペンダントをつけている。他のクラスの先生たちは、授業参観でもない限りいつもジャージ姿だから、こういう服装《ふくそう》の教師はちょっと珍《めずら》しい。

だから、ちょっかいを出したがる男子が多いのだ。私からすると、井上《いのうえ》先生、井上先生、って恥《は》ずかしげもなく群《むら》がっているあいつらは、まだまだ子どものように思えるけれど。

「先生～、私たち、あと一か月ちょっとで卒業だよ？　これ、いつまで続けるの？」
女子の一人が手を挙《あ》げて尋《たず》ねた。

「四月に、『交かん日記をするときのお約束』を説明したでしょう。そのとおりにするつもりよ」

「『交かん日記をやめたくなったら、きちんと相手に言いましょう』？　あと、『使い終わったノートをどうするかは、話し合って決めましょう』？」

「そうそう。さすがの記憶力《きおくりょく》ね」
先生に褒《ほ》められた女子が、照《て》れ笑いを浮《う》かべた。これくらいで喜ぶなんて、単純《たんじゅん》にもほどがある。『お約束』が書いてあるのだから、一年もずっと見続けていれば、誰《だれ》だって覚えてしまうに決まっているのに。

「みんなが卒業して中学生になったら、先生と交換日記を続けるわけにはいかなくなるよね。だから、三月中には一人一人と話し合って、このノートをどうするかを決めるつもりです」

「家に持って帰ってもいいし、学校に置いていってもいいの？」

「ええ。思い出にするもしないも、みんなの自由だからね」

「終わらせない、っていうのもあり？　私、中学生になっても続けたい！」

「あら、嬉《うれ》しいことを言ってくれるのね。小学校の職員室まで持ってきてくれるなら、それもありよ」

「やったあ！」

椅子《いす》の上で跳《と》びはねている女子から、そっと目を背《そむ》けた。

子どもっぽい男子たちはもちろん、先生と仲良くしている女子たちのことも、私は嫌《きら》いだった。

　今は小学生だからまだいいけれど、中学生になったら、ああいう取り巻きみたいな子たちがオール5の成績をもらうのだろう。「先生、そのペンダント可愛いね～」なんて言葉を平気で言えて、休み時間のたびに先生とわいわい戯《たわむ》れている、愛想《あいそ》だけが取《と》り柄《え》の子たちが。

　教師だって、ただの人間だ。結局は、自分を無条件に慕《した》ってくれる生徒が大好きで、そういう子を増やしたがる。

　交換日記というのも、どうせ、そういう目的で始めたに違いない。

井上先生は、このクラスの生徒だけでなく、過去に受け持ったクラスの子たちからも、ものすごく人気がある。その秘訣《ひけつ》が、きっと、この交換日記なのだ。

週に一度、必ず文章をやりとりすることで、心の繋《つな》がりを強める。まるで友達みたいに、いろんなことを言い合えるようになる。いつの間にか、クラス内は先生の味方ばかりになり、毎日の授業がやりやすくなる。

薄《うす》っぺらい考えだ。

私は絶対に、その手には乗らない。

これまでの一年間、私は交換日記用のノートに、ほとんど何も書いてこなかった。提出しないと怒られるから、「今日は晴れですね」とか、「昼休みには絵を描《か》きました」とか、適当なことを短く書き殴《なぐ》っていただけ。

でも、それじゃつまらない。「さわやかな秋晴れが続いていますね」「今度先生にも絵を見せてくださいね」なんていう当たり障《さわ》りのない返事を読むのは、もう飽《あ》きた。

六年生が終わる前に、あの素直でまっすぐな目をしている先生を困《こま》らせてみたかった。

全員が教師の言いなりになんてならないんだよってことを、知らしめたい。クラスの楽しい雰囲気《ふんいき》に、水を差《さ》してやりたい。

灰色のノートは、朝一番に、先生の机の上に出しておいた。あれを読んで、先生はどんな顔をするだろう。どんな返事を書いてくるだろう。

「先生、さようなら。皆《みな》さん、さようなら」

帰りの会がお開きになった。

ようやく、長かった一週間が終わった。

先生とハイタッチをしている女子の集団を睨《にら》みつけてから、私は誰よりも早く教室を出た。

*

交かん日記を読んで、びっくりしました。

お返事を書くまでに、時間がかかってしまってごめんなさい。校長先生や学年主任の先生に相談したほうがいいかな、お父さんやお母さんに来てもらって面談をしたほうがいいかな、なんて、いろいろなことを考えてしまっていました。

でも、返事も書かずに、急にそんなことをするのは失礼ですよね。

このノートの中で打ち明けてくれたことは、二人だけの秘密《ひみつ》です。その秘密を大事にする義務が、先生にはあります。

寧々香さんを殺したい……。

それって、どういう感情なのでしょう。どうしてそう思うようになってしまったのでしょう。

よかったら、もう少しくわしく教えてもらえませんか。交かん日記の中で、今の思いをはき出してみませんか。

先生は、とても心配しています。

＊

知ってるよ。命の大切さくらい。道徳の授業で、何度もやったし。

でも、大杉寧々香は別。

あの子の命は軽いよ。ダウンジャケットや、かけ布団《ふとん》に入ってる、羽毛《うもう》くらいにね。

先生だって、見てれば分かるでしょ？

性格がものすごく暗いし、いつも自信がなくておどおどしてる。

勉強が全然できなくて、授業で当てられてもまちがってばかり。

体育のときも、チームに入ると、みんなが顔をしかめるんだよ。動きがにぶくて、ホントどんくさい。

顔も可愛くない。デブでブス。どんな服を着ても似合わない。眼鏡《めがね》はダサいし、気持ち悪い。

そういうところが、めっちゃムカつくんだよね。

結花《ゆいか》やタクローにいじめられるのも仕方ないよ。見て見ぬふりをしてる子たちも、みんな絶対に、寧々香のことが大きらい。

きっと先生だってそうでしょ？　親や兄弟だって、あんな子が家族にいて、迷《めい》わくしてるに決まってるよ。

六年二組にも、つばめが丘《おか》小学校にも、世界のどこにもいらない存在。それが大杉寧々香だよ。

ほら、死んだところで、だれも悲しまなそうだと思わない？

だから、殺してあげようと思ったわけ。

どうせ、中学生になったところで、もっとひどい目にあうだけなんだからさ。

このへんで人生終わりにしといたほうがいいんだよ。

そう考えてたら、私が計画してることって、ある意味人助けなんじゃないかって気がしてきたな。

殺して、助ける。あはは。面白いね。

どうやって殺そうかな。小学生でも簡単に手に入れられる毒《どく》ってあるのかな？

ママのスマホをこっそり借りて、調べてみようっと。

＊

命とは、美しく、平等《びょうどう》なものです。

こんなことを言っても、きれい事だと笑われてしまうかもしれませんね。

でも、先生は伝えたいのです。寧々香さんも、結花さんも、拓郎《たくろう》さんも、校長先生や総理大臣でさえも、命の重さは同じだということを。

世の中には、生きたいのに生きられない人もいます。病気で苦しみ、日々なみだを流している人もいます。そういう人たちが、もしこの日記を読んだら、どのように感じるでしょうか。

先生は、寧々香さんのことが好きです。

他の生徒たちと同じくらい、愛しています。

だから、寧々香さんがもし死んでしまったら、とても悲しい気持ちになるでしょう。

つまり、「だれも悲しまなそう」というのはまちがいです。

先生のためにも、計画を中止してくれませんか。

中学生になり、高校生になり、大人になっていく寧々香さんのことを、先生はこれからも見守っていきたいのです。

*

あーあ、これだから大人って嫌いだ。

ようやく戻ってきた交換日記の一番新しいページを眺《なが》め、私はふんと鼻を鳴らした。

口を開けば、嘘《うそ》ばかり。「好きです」とか「愛しています」とか、心にも思っていないことを平気で言える。

でも、あの井上先生を困らせているというのは、なかなか楽しかった。これまでだったら、交換日記用のノートは月曜の朝の会で返却《へんきゃく》されていた。だけど、二週連続で、火曜になるまで戻ってこなかったのだ。

これって、私のせいだよね。

国語の授業を受けながら、ニヤニヤと笑ってしまった。周りの子たちに見られないように、慌《あわ》てて顔を教科書で隠《かく》す。

大人を掌《てのひら》の上で転《ころ》がすのは、思った以上に、スリルがあっていい。

だって、私が大杉寧々香の殺害に成功したら、井上先生はつばめが丘小の人気者ではいられなくなるのだから。クラス内の問題を食い止められなかった、残念な教師になってしまうのだから。

新聞にだって、載《の》ってしまうかもしれない。

そりゃ、先生も神経をすり減らすはずだ。

「それでは、次は教科書百十一ページの問二に取り組んでみましょう。皆さん、ノートに問題を写してください」

「先生～、あと一分でチャイムが鳴っちゃうよ？」

「あら、もうそんな時間？　じゃあ、この続きは五時間目の初めにやりましょうか」

黒板の前に立っている先生は、焦《あせ》った顔をしていた。やるべきことをぴったり授業時間内に収めるのが上手《じょうず》だったはずなのに、こういう失敗は珍しい。そういえば、目の下の隈《くま》が濃《こ》いし、顔色もいつもより青白いような気がする。

それくらい、私の交換日記は先生を悩ませているのだ。

今ごろ、先生はこんなふうに思っているかもしれない。クラス全員と交換日記なんて、しなければよかった。せめて希望制にして、仲良くなれそうな子とだけやればよかった――って。

そうだよ、先生。こんなものを毎週書かせてたのは、自分が生徒たちに慕われてるって幻想《げんそう》に浸《ひた》りたかっただけじゃない？

先生みたいな人を、八方美人《はっぽうびじん》っていうんじゃない？

私、決めた。交換日記なんてわけの分からないものを全員に強制したこと、絶対に後悔《こうかい》させてやるんだから。

「給食当番は早く廊下《ろうか》に並んでくださいね」

チャイムに続き、先生が呼びかける声が教室に響《ひび》く。

ああ、面倒臭《くさ》い。今日は大きなおかずの担当だ。先生と二人で、重いスープの食缶を持って、給食室から戻ってこないといけない。

口の中で小さく舌打ちをしながら、私は給食着の入った白い袋をつかみ、廊下へと向かった。

雨が降っていない日の昼休みは、基本的に、クラス全員で外遊びをすることが推奨《すいしょう》されている。

ドッジボール、キックベース、大縄《おおなわ》。私はどれも嫌いだ。だから、先生やクラスのみんなの声かけを無視して、教室にいることが多い。

今日も、私は中に残って、自分の席で絵を描いていた。

昼休みくらい、本当は一人になりたい。だけど、そういうわけにはいかないようだった。ここには、私の他にもう一人、外遊びに行かない男子がいる。

蓮人《れんと》だ。

背の高い彼は、股関節《こかんせつ》の難病にかかってしまったとかで、二か月くらい前から松葉杖《まつばづえ》生活をしている。それまでは元気で明るい野球少年だったのに、病気にかかってからは人が変わったように大人しくなった。

最初は、みんな優しくしていた。休み時間は誰かが付き添《そ》ってあげていたし、蓮人もエレベーターを使ったりしながら、頑張《がんば》って外に足を運んでいた。

だけど、一か月もしないうちに、心が折れてしまったようだった。蓮人は周りに冷たい態度を取り、殻《から》に閉じこもるようになった。今ではもう、「一緒に外に行こう」と彼を誘《さそ》う人はいない。蓮人自身がそれを望まないということを悟《さと》ったのだ。

広い教室に、たった二人。

けれど、会話はまったくない。

私も蓮人も、お互《たが》いのプライベートを尊重《そんちょう》し合っているからだ。

彼は、自分の席で静かに本を読んでいた。書店のブックカバーがかかっているところを見るに、図書室で借りてきたものではなく、親に買ってもらった本なのだろう。

視線に気づいたのか、蓮人が顔を上げた。私はさりげなく顔を背け、イラストの続きに集中し始める。

後ろで、パタンと本を閉じる音と、はあ、という小さいため息が聞こえた。

何よ。

悲劇《ひげき》のヒーローぶっちゃってさ。

昼休みを孤独《こどく》に過ごすのが嫌《いや》なら、外に行けばいいのに。冷たい態度を取ったことを謝《あやま》って、他のみんなが遊ぶのを見ていればいいのに。

もともとは友達が多い人気者だったのだから、本人の気持ち次第で、簡単に地位を復活させられるはずだ。それなのに、私の心安らぐ空間を台無しにしてまで、ここに居座ろうとする意味が分からない。

ねえ、早くどっかに行ってよ。

私は、六年二組にいる全員が嫌いだ。結花も、タクローも、蓮人も、井上先生も。もちろん一番は、あの気持ち悪い大杉寧々香だけど。

ねえ、私はもうすぐ、人殺しになるんだよ。そんな奴と二人きりでいるのは、気味が悪いでしょ？

頭の中で、同じ教室にいる蓮人へと語りかけてみる。だけどもちろん、テレパシーが使えるわけでもないから、彼が席を動く気配はない。

はああ。

聞こえよがしにため息を返しながら、私はイラストに色を塗《ぬ》り始めた。

＊

私は今日、大杉寧々香を殺そうとしました。

でも、残念。計画は失敗に終わっちゃった。あの子、変なところで運がいいんだね。ホント、ムカつく。

どうやって殺そうとしたと思う？

学校のすぐ近くにさ、見通しの悪い交差点があるでしょ。昔から事故が多くて、確か十年くらい前に、近所のおばあさんが死んじゃったこともあるんだよね。

そこに飛び出して、車にひかれてしまえばいいと思ったの。

おしかったんだよ。あともう少しで、ぶつかるところだったんだけどな。

トラックに乗ってた男の人、きっと運転が上手だったんだろうね。横断歩道の真ん中で固まってる、どんくさくてデブな寧々香の体をよけて、そのままガードレールにつっこんじゃった。

わざわざハンドルを切らなくてもよかったのにね。

本当に、残念。

やっぱり、ナイフでさすとか、首をしめるとか、百パーセント殺せそうな方法を取るしかないかな？

反省して、次はがんばろうっと。

＊

先週の金曜朝は、心臓《しんぞう》が止まるかと思いました。

過去に死亡《しぼう》事故があったあの危ない交差点で、まさか自分のクラスの子が車にひかれそうになるなんて、思いもよらなかったのです。

寧々香さんが死ななくて、本当によかった。とっさの判断でハンドルを切ってくれた、トラックの運転手さんには感謝しなければなりません。

この交かん日記を読むまで、あれがただの事故であることをいのっていました。

でも、やっぱり、あなたが立てた計画の一部だったのですね。

先生は今、とても悲しいです。前回、命の重さはすべて等しいということを、一生けん命書きました。その思いは、届かなかったのでしょうか。きれい事、とバカにされてしまったでしょうか。

一度、考えてみてください。寧々香さんのことを、今からでも好きになることはできませんか？

他の子たちよりも優れたところや、可愛らしいところが、寧々香さんにはたくさんありますよ。

人間はそれぞれ、個性を持っています。それを武器《ぶき》にして、将来《しょうらい》社会に出たときに花をさかせるのです。

その花の種に、注目してみてください。

六年二組の生徒たちはみんな、それぞれの心の中で、種をしっかりと育てています。

先生の目には、しっかりと見えていますよ。

＊

　ホント、あの手この手、って感じだな。

　火曜の四時間目になってようやく返ってきた灰色のノートを、私は机の中に投げ入れた。

　今からでも好きになることはできませんか――なんて、バカみたい。

　大杉寧々香に、他の人より優れたところや、可愛らしいところなんて、あるわけないじゃないか。そんなものがあったとしたら、クラス一の嫌われ者になるはずがないのだから。

　もちろん、寧々香にも個性はある。気持ち悪くて、ブスでデブ。そんな個性は、育っても意味がないし、将来花を咲かせることもない。

　美人で人気者の先生には、理解できないのだろう。長所が一つもない人間の未来が限りなく暗いことも、私の心の中に溜《た》まったヘドロのような感情も。

「芽《め》が出ないほうがいい種だってあるんだよ、先生」

　小さく吐《は》き捨て、私は机の上に出しておいた自由帳を開いた。

　今は昼休みだ。自分の他に一人、背の高い目障《めざわ》りな読書家が教室に残っているのはいただけないけれど、クラスメートの大半が外に出ているこの時間は心が安らぐ。

　今日は、どんなポーズの、どんな表情の彼を描こうかな。

　真っ白なページに、さらさらと鉛筆《えんぴつ》で下書きをしていく。時たま目をつむって、お気に入りのシーンをいくつかまぶたの裏《うら》に映し出した。家でよく読んでいる漫画《まんが》は、まるでデータをそつくりそのままダウンロードしたかのように、私の脳内に収まっている。

お兄ちゃんが買っている少年漫画だから、内容にそれほど興味があるわけではない。だけど、躍動《やくどう》感のある絵が好きだった。

目の前のライバルをまっすぐに見つめる真剣《しんけん》な目。真一文字《まいちもんじ》に結ばれた唇《くちびる》。右腕《みぎうで》を大きく振りかぶると、白い球が弾丸《だんがん》のようにその手から放たれ——。

「あっ！　ねえねえ、それ、『白球王子《はっきゅうおうじ》』？」

不意に近くで声がして、私は椅子の上で跳び上がった。ぱっと自由帳を手で隠し、「勝手に見ないでよ」とつっけんどんに返す。

あまりに集中していたから、蓮人の接近にまったく気づいていなかった。お互いに口を利《き》かないルールじゃなかったのか、と蓮人を責めたくなるけれど、思えばそんな約束を交《か》わしたことはない。

「ねえ、もう一回見せてよ」

「嫌だ」

「今の絵、主人公の紅葉裕太《もみじゆうた》でしょ？」

「違うから」

「俺《おれ》、ファンなんだよ。だからすぐにピンときたんだ。ほら、見てよ、これ」

いきなり目の前に、ブックカバーのかかった本が突き出された。私は仰《の》け反《ぞ》り、驚《おどろ》いて蓮人の顔を見上げた。「ああ、これじゃ分からないか」と彼が笑う。

長い指が、器用にブックカバーを外した。現れたのは、『白球王子』の最新刊だった。親に買ってもらった児童書だと思っていたのに、そうではなかったことにびっくりする。

「これ、先週発売された――」

「そう！　もう読んだ？」

「ううん。お兄ちゃんが買ってるのを読ませてもらってるだけだから。今月はお小遣《こづか》いが足りなくて、買えるのはもうちょっと後になりそうなんだって」

　そう答えてから、ペラペラ喋《しゃべ》ってしまったことを後悔する。漫画の話くらいで簡単に心を開く人間だと思われたくなかった。

「じゃ、貸すよ」

「は？」

「俺はもう、全部の台詞《せりふ》を暗記するくらい、何度も何度も読んだからさ」

「いいよ、そんな」

「嬉しいんだよ。『白球王子』ってけっこうシリアスな話だから、小学生で読んでる奴《やつ》、いないと思ってた。俺以外にもファンがいたんだな」

「別に、ファンなんかじゃないし」

「そうなの？　でも、さっきの絵、ものすごく上手だったよ」

　ふわりと、心が浮き上がりそうになる。

　陸から離れた気球を無理やり引き戻すかのように、私はその感情を押さえ込んだ。

「っていうか、漫画を学校に持ってきちゃダメでしょ。何やってんの？」

「うん、先生にバレたら大変だ。だからいつもブックカバーをかけてるし、誰にも見られないように気をつけてる」

「私が言いつけるかもよ」

「うわっ、それは勘弁《かんべん》！『白球王子』を読めなくなったら、俺、くそつまんない昼休みを乗り切れなくなっちゃう」

お願い、それだけは、と蓮人は両手を合わせた。その拍子に、脇《わき》に挟《はさ》んでいた松葉杖が倒れそうになる。とっさに手を伸ばして支えると、蓮人は「ありがとう」と白い歯を見せた。

そのとき、廊下から話し声が聞こえてきた。井上先生と隣の三組の担任が、何やら言葉を交わしている。

「やべっ」

蓮人は手元の漫画本に慌《あわ》ててブックカバーをかけ直し、自分の席へと戻っていった。

間一髪《かんいっぱつ》、先生が教室に入ってくる。

何を思ったのか、先生はにっこりと微笑《ほほえ》みかけてきた。そのムカつく顔を睨みつけ、私はふんとそっぽを向いた。

そっと手をどかし、さっき鉛筆で描いたばかりの紅葉裕太の姿を眺める。形はだいたいできあがっていたけれど、色を塗る気にはなれなかった。

自由帳を勢《いきお》いよく閉じると、後ろで「見たかったのになあ」という蓮人の残念そうな声がした。

聞こえなかったふりをして、自由帳を机の中にしまう。そして代わりに、小さな灰色のノートを取り出した。

*

私はあきらめないよ。

絶対に、大杉寧々香を殺してやる。交差点で車にひかせる計画は失敗したけど、他にも作戦はあるんだから。

やっぱり、卒業するまでの間に、殺害を実行したいんだよね。寧々香は中学生になったら、もっとみにくいデブになるに決まってるし。男子にはバカにされて、女子には仲間外《はず》れにされる中学生活なんて、想像するだけでかわいそうじゃない？

リベンジをするのは、三月十八日、火曜日。

卒業式の前日に、私は寧々香を殺します。

ママのスマホをこっそり借りて調べてみたんだけど、毒薬って意外とそのへんに売ってないんだね。学校の屋上も立ち入り禁止でいつもカギが閉まってるし、首をしめるためのロープもどこで買えばいいのか分かんない。

けい事《じ》ドラマみたいには、いかないみたいだね。

だから、確実な方法を選ぶことにしたよ。

家からカッターを持ってきてね、寧々香の首を切るの。本当は包丁《ほうちょう》のほうがいいかなと思ったんだけど、首の横には太い血管が通ってるから、そこをねらえばカッターでも簡単に人は死ぬんだって。

先生、その日に持ち物検査をしたりしないでね。

そんなことをしてもムダだよ。ちゃんと、かくし場所も考えてあるからね。

楽しみだなあ。

みんな、絶対おどろくよね。それまではどうでもいいと思ってたくせに、寧々香が死んだとたん、「いい子だったのに」とか言って悲しむんだよ。きっと。

本当にみんな、性格が悪いね。

ま、一番は、こんなことを書いてる私なんだけど。

とにかく、私は寧々香を殺すから。

先生、止めないでよね。

＊

本当に、それでいいの？

＊

今日は久しぶりに、交換日記用のノートが月曜の朝の会で返された。

それが無性《むしょう》に悔《くや》しくて、私はずっとイライラしながら授業を受けていた。

何なの、あの短い返事は。

文面を思い出すたび、苛立《いらだ》ちが募《つの》る。

先生は、私の第二の殺害計画を読んで、悩まなかったってこと？

こんな雑な返事を寄越《よこ》して、もう私が何をしようがどうでもいいってこと？

「本当にやっちゃうからね」

口の中で、何度も呟《つぶや》いた。だけど、繰《く》り返せば繰り返すほど、私の決心は鈍《にぶ》っていくようだった。

これは全部——蓮人のせいだ。

昼休みになった。教室の隅《すみ》に置いてある木箱からボールを取り出して、クラスメートたちがわいわいと廊下に出ていく。

みんながいなくなると、蓮人は松葉杖をついて、私の机の隣へと移動してくる。

相変わらず、彼は授業や給食の間中、ブスッとした顔をして、周りと関わろうとしない。そのくせ、私の自由帳を覗《のぞ》き込もうとするときだけ、悪戯《いたずら》っぽくキラキラと目を輝《かがや》かせるのだ。


「こっちに来るの、やめてよ」

「なんで？」

「見られてたら描けないって言ったでしょ」

「でも、どうやってあの紅葉裕太を生み出すのか、途中の様子を見たいもん」

「別に今日も紅葉裕太を描くとは限らないし」

「まじ？ ってことは、桜《さくら》部長も描けるの？ 銀杏先輩《いちょうせんぱい》は？ 俺、野球やってたときショートだったから、そのへんのキャラも描いてほしいなあ」

追い払おうと思ったのに、逆に興味を持たれてしまったようだった。はあああ、と私は特大のため息をつき、机に頬杖《ほおづえ》をつく。

『白球王子』のイラストを目撃《もくげき》されてしまった先週の火曜日から、蓮人は毎日昼休みに話しかけてくるようになった。

最新刊は、借りる気はないと何度も断《ことわ》ったのに、結局無理やり一緒に読まされた。一冊の漫画を二人で覗き込むなんて、初めての経験だった。「読みにくすぎ！ こっちにはこっちのペースがあるのに」と愚痴《ぐち》ると、「でも、面白《おもしろ》かったでしょ？」と蓮人は愉快《ゆかい》そうに笑った。

私はストーリーの内容に興味があるわけじゃない。

絵とキャラクターが好きなだけ。

そう主張すると、蓮人は驚いていた。あなたと趣味《しゅみ》が同じわけじゃない、ということを言いたかったのに、「へえ、そういうパターンもあるのか。ちなみに一番好きなキャラは？」と食《く》いつかれ、私はすっかり閉口《へいこう》してしまった。

昼休み、私と二人でいるときはあんなに明るいのに、みんなが帰ってくると、途端《とたん》に蓮人は喋らなくなる。背が高いはずなのに、机の脇に寝かせた松葉杖よりも小さく、縮《ちぢ》こまって見える。

それは何故《なぜ》なのだろう、とたびたび授業中に考えた。

たぶん、私のことを下に見ているからじゃないか。股関節の難病で外遊びができなくなってから、楽しそうにドッジボールやキックベースをしている子たちには引け目を感じている。だけど、いつも孤独に絵を描いている私よりは、自分のほうがまだ健全だと思っている。そういうことなんじゃないか。

「で、今日も描いてくれないわけ？」

「しつこいなあ。絵は一人でいるときに描くものなの」

「うわあ、傷つく」

「傷ついたなら、自分の席に戻れば？」

「ひどいこと言うなって」

「ねえ、どうして私に構うの？　遊ぶ相手がいなくて暇《ひま》だから？」

私が冷たく尋ねると、蓮人は「えっ？」と目を丸くした。

「遊ぶ相手がいなくて、って……俺は、一緒に遊んでるつもりだったんだけど」

「は？」

「本当は、もっと早く仲良くなろうと思ってたんだよ。でも、ほとんど一対一で話したことなかったから、なかなかきっかけがつかめなくてさ。そんなときに、『白球王子』っていう共通の話題が見つかって、『これだ！』って思ったわけ」

「なんで？　そこまでして話しかけなくたっていいのに」

こっちはいい迷惑《めいわく》だよ、と悪態《あくたい》をつこうとした瞬間《しゅんかん》、耳を疑《うたが》うような言葉が聞こえてきた。

「だって俺たち、仲間だろ」

「……仲間？」

「クラスで二人だけ、外遊びができない。自分は悪くないのに、昼休みを楽しめない」

「何言ってんの？　私は外遊びが嫌いなだけ。いくら先生に注意されても、自分の意思で拒否《きょひ》してるの。蓮人とは全然違うよ」

「いや、一緒だよ」

　蓮人はいつになく真面目《まじめ》な顔をして言った。

「こんな身体《からだ》になって、昼休みを教室で過ごすうちに、不思議に思えてきたんだ。そもそもなんで、クラスみんなで遊ぶときの選択肢《せんたくし》が、外遊びしかないんだろうって。……健康のため？　でも、体育の授業だってあるわけだし、別に毎日じゃなくたっていいよね。……全員で仲良くなるため？　それなら、ハンカチ落としやフルーツバスケットだっていいはずだよ」

「あれも身体を使う遊びだから、蓮人はできないでしょ」

「まあ、そうだけどさ。だったら、全員で絵を描いて見せ合ったり、読んだ本の感想を言い合ったりするのだって、きっと楽しいと思う」

「うーん」――そんなことは、考えたこともなかった。

「何を言いたいかというとね、学校の先生たちが一方的に押しつけてくる『昼休みはみんなで外遊びをしましょう』っていうルールは、ちっとも『みんな』のことを考えていないんだ」
一、健康である。二、外遊びを嫌いではない。「この二つの条件を満たさないとクラスの輪から外れちゃうなんて、おかしいよ」と蓮人は言葉に力を込めた。
「私たちは、条件を満たさない者同士だから、仲間ってこと？」

「そう」

病気のせいで運動ができない。

身体は健康だけれど、運動が死ぬほど嫌い。

やっぱり、この二つが同じとは思えない。だけど、蓮人は本気で言っているみたいだった。

「俺、病気になるまでは、野球も他の運動も大好きで、完璧《かんぺき》すぎるくらい条件を満たしてたからさ。外遊びが本当に苦手《にがて》な子の気持ちなんて、想像したこともなかったんだ。でも、これってさ、めちゃくちゃつらいルールだったんじゃない？」

蓮人は怒《おこ》った目をしていた。右の拳《こぶし》で、目の前の机をドカンと叩《たた》く。

「絵が好きだっていいじゃん。漫画が好きだっていいじゃん。晴れの日は外、雨の日は中でもいいけど、じゃあせめて曇りの日くらいはバランスよく遊んだっていいじゃん。人間はみんな平等だって学校で習うのに、一部の人の個性を無視しないでほしいよ」

「個性……」

種。将来花を咲かすかもしれない、その元となるもの。

こんなことを言ってくれる人は、初めてだった。先生の方針《ほうしん》やクラスのルールに疑問を持ってまで、私という存在を認めてくれる人は。

「私……ずっと、自分が悪いんだと思ってた。どうして私は一人で遊べるものばかりが好きなんだろう、どうして学校の雰囲気に溶け込めないんだろう、って」

「だよな。俺だってそうだもん。自分が一生できなくなった外遊びを見学するのなんて、吐くほど嫌だよ。泣きたくなるよ。だから、松葉杖をついてたって外には出られるのに、だんだん行かなくなった。そんな弱虫な自分を、ずっと責めてた」

「これって……個性、なの？」

「そうだよ。俺たちは、外遊びが大嫌いだ。これからも絶対に無理だし、生理的に受けつけない。周りからはみっともないと思われるかもしれないけど、これはれっきとした俺たちの個性なんだ」

口から唾《つば》を飛ばしながら言い切った蓮人は、一つ深呼吸をして、爽《さわ》やかに微笑んだ。

「だからさ、昼休みが終わったら、一緒に提案《ていあん》してみようよ」

「え、提案？」

「卒業まであとたった一週間しかないけど、『昼休みはみんなで外遊びをしましょう』ってルールを変えてほしいって。俺たちが楽しめる遊びをする日も作ってほしいって。二人できちんと言えば、先生もみんなも、分かってくれるはずだよ」

私は真正面から、蓮人の真剣な目をじっと見つめた。

なんだか、すごいことが起こるんじゃないか。

そんな予感がした。

心の奥底に固く繋ぎ止めていた気球が、解《と》き放たれ、青い空へと上がっていく。

気がついたときには、私は力強く頷《うなず》き返していた。

＊

先生、よかったね。

私、殺害計画は中止することにしたよ。

理由は教えないけど。


これで寧々香も中学生になれるわけだ。あーあ、命拾いしたね。

ダイエットでもして、ちゃんと自分から仲間を見つけられるようになれば、あの子も今度はいじめられないかもね？

＊

よかったです。本当に。思いとどまってくれて。

この一か月、交かん日記を読むのが苦しくてたまりませんでした。

でも、こうやって気持ちのやりとりができたことは、先生にとってもても学びになりましたよ。

未熟《みじゅく》な先生でごめんなさいね。

そして、卒業おめでとう。中学でも元気でね！

＊

あんな子でも、人に好かれることがあるのかもしれないと思ったから。

＊

卒業式の前日。

帰りの会の終わりに、灰色のノートが返ってきた。新しいページを開き、頭に思い浮かんだ一文を殴り書きして、すぐにゴミ箱に捨てた。

交換日記をどうするかはそれぞれに任せると言ったのは先生だ。もしかしたら、私たちが卒業した後で、ゴミの回収をするときに気づかれてしまうかもしれない。それならそれで、別によかった。

「先生さようなら、皆さんさようなら」

クラスメートたちがわっと散っていく。明日《あす》の卒業式を前に、誰もが落ち着いた気分ではいられないようだった。

机の中のものを全部詰《つ》め込んだ、重いランドセルを背負《せお》う。よっこらせ、と太い声を出すと、「何その声！」と隣の結花がケラケラ笑った。

みんなに続いて教室を出ようとしたとき、後ろから肩を叩かれた。

振り返ると、井上先生が立っていた。身を屈《かが》め、こちらに顔を近づけてくる。胸の前に垂《た》らした一つ結びのロングヘアから、フローラルなシャンプーの香《かお》りが漂《ただよ》った。

「先生はね、あなたみたいな子のために交換日記をしていたの」

「……え？」

「文章でなら、本心や悩みを打ち明けてくれるんじゃないかと思って。だけど、その声を受け止めるには、先生の頭は固すぎたみたい。小学校というのはそういうところ、って思い込んでいたのね」

先生は反省したように俯《うつむ》いていた。そういえば、一週間前に蓮人と私がクラスのみんなに向かってあの提案をしたときも、先生がこんな表情をしていたことを思い出す。

「大人って罪《つみ》ね。そこに素敵《すてき》な花の種があるのは分かっているのに、水のやり方が分からないことがあるの。たっぷりあげすぎて根を腐《くさ》らせそうになったり、何日か目を離した隙《すき》に枯《か》らしそうになったり。本当に不器用《ぶきよう》なのよ」

でもね、と先生は私の目を覗き込んだ。

「今回は、あなたたちが自分で育つ力を見せつけられたわ」

「自分で育つ力……」

「これからも大事にしていってね。その力はきっと、あなたの人生を豊かにしてくれるから」

——未熟な先生でごめんなさいね。

最後の交換日記に書いてあった一文が、頭に浮かんだ。

さっきゴミ箱に捨ててしまったことを、ちょっぴり後悔する。

教室には、もう誰も残っていなかった。窓から差し込んだ陽《ひ》の光が、先生の横顔を明るく照らした。

「先生。事故のこと……すみませんでした」

私は深く頭を下げた。それからぱっと回れ右をして、「さようなら」と廊下に飛び出した。

「さようなら」

後ろから先生の優しい声が追ってくる。階段を下りる直前に振り返ると、こちらに向かって大きく手を振っているのが見えた。

「あ、蓮人！」

校門を出たところで、蓮人の姿を見つけた。黒いランドセルを背負った彼は、両手の松葉杖を一生懸命《けんめい》動かし、前へ前へとゆっくり進んでいる。

私がドタバタと駆《か》け寄っていくと、蓮人は「おお」と頰を緩《ゆる》めた。私の顔を見て、こんな反応をしてくれるクラスメートが現れるなんて、二週間前までは想像もしていなかった。

「歩くの、大変じゃない？　おうちの人、迎《むか》えに来られないの？」

「俺が自分で帰るって言ったんだ。近いから、これくらいの距離なら大丈夫、って」

「じゃあ、ランドセル、私が持とうか」

「まじ？　それは助かる」

蓮人は立ち止まって、ランドセルを下ろし始めた。脇に挟んだ松葉杖が倒れないように、私は恐《おそ》る恐る手を差し出す。

黒いランドセルは、私のと同じくらい、ずっしり重かった。三月の気温は全然高くないはずなのに、前と後ろに二つのランドセルを抱えた私の身体は、すぐに火照《ほて》り始める。

「ご、ごめん……私、汗かいちゃうかも」

「あ、重すぎた？　それならやっぱり俺が持つよ」

「ううん、そうじゃなくて……ランドセルについちゃったらごめんね。汚《きたな》いよね」

「何言ってんだよ。そんなこと言ったら、野球も外遊びもやってた俺のほうがヤバいぜ？　六年分の汗、たっぷり吸い込んでるんだから」

　あたりをキョロキョロと見回しながら、蓮人と並んで歩いた。幸い、クラスメートの姿は見えなかった。

　交差点の赤信号で、足を止める。凹《くぼ》んだガードレールが視界に入り、そっと目を伏《ふ》せた。

「あっ、そうだ」蓮人が不意に声を上げた。「ちょっとさ、変なお願いがあるんだけど」

「何？」

「今度さ……一緒に、漫画を描かない？」

「へ？」

　ガードレールのことも忘れ、勢いよく顔を上げる。そこには、頬を赤く染《そ》めている蓮人がいた。

「誰にも言ったことなかったんだけど……俺、『白球王子』のストーリーをあれこれ考えるのが好きなんだ。漫画に描かれていないところで、登場人物たちがどんな会話をしてるのか、とか……家に帰った後、どんなふうに過ごしてるのか、とか。でも、絵は描けないから、文章にするしかなくって」

「蓮人が考えたオリジナルのストーリーに、絵をつけてほしいってこと？」

「あっ、ええっと、もし嫌じゃなかったら、だよ。二人でやれば、もしかしてめちゃくちゃ楽しいんじゃないかって、俺が勝手に思っただけなんだ」

「いや、無理無理。そんな、私の絵なんて――」

頭の中に浮かんだ言葉を、私は振り払うことができなかった。

……楽しそう。

「うーん。やっぱり、やってみようかな」

「え？」

「他の人が考えたお話に、自分が絵を描くのって、面白そうかも」

「ホントに？　やったあ！」

自分が股関節の難病にかかっていることを忘れたかのように、蓮人は松葉杖ごと跳び上がった。

身体がわずかによろめく。そのすぐそばを、車が猛《もう》スピードで通り抜けた。「ちょっと！」と私は手を伸ばし、蓮人の上半身を引き戻した。

「あっ、ごめん」

蓮人がしゅんとした顔をする。それから、ようやく赤になろうとしている車道側の信号を見上げた。

「ここの交差点、危ないもんな。つばめが丘市で一番危険な道、って言われてるらしいよ。道が曲がりくねってるから、車から歩行者がよく見えなくてさ」

「……うん」

「この間、寧々香がここで車にひかれそうになったんだよね。トラックがガードレールにぶつかったから、無事だったって聞いたよ。本当によかった、寧々香が死ななくて」

「そう？」

そんなつもりはなかったのに、そっけない返事になってしまった。「当たり前だろ！」と蓮人が声を荒らげたのと同時に、歩行者信号が青になった。

黒いランドセルを引っかけた両腕が、すっかり汗ばんでいる。パーカーの袖《そで》から突き出たむっちりとした手首を見やりながら、私は横断歩道へと一歩踏《ふ》み出した。

春休みの目標はダイエットかな——と、考える。

中学生になったとき、今よりもう少し痩《や》せて可愛くなっていたら、人目を気にせずに蓮人の隣を歩けるかもしれないから。

横断歩道を渡り切った蓮人が、青い空を見上げて言う。

「何ていうか……生きていてくれてありがとう」

「はあ？　そんなこと言われても」

大げさなようで、今の私にとってはちっとも大げさでない台詞。急に恥ずかしくなって、さっきよりもつっけんどんに言葉を返した。

私は大杉寧々香。

生き延びてしまったからには、ちょっとだけ、前を向いてみようと思う。

「交かん日記をするときのお約束」

◎なやみを打ち明けられたら、優しく相談に乗りましょう。

第三話　姉と妹

同じ家に住んでるのに、こんな方法でしかまともに話せないなんてね。

わざわざ提案《ていあん》してあげたこと、感謝してよね。こうやって交かん日記なんかをすることになったのは、全部すみれのせいなんだから。

せっかくだから、ここには本当の気持ちを書くよ。

すみれは、性格が暗すぎだと思う。いつもびくびくしてて、自分からしゃべろうとしなくて、他《ほか》の人の言うことにうなずいてばかりで。

顔にキズがあるからって、そんなに人と関わるのをきらう必要ある？　小さいころからそうだったよね。すみれはいつも、わたしの後をついてきてばかり。

どうしてこんなにちがうのかな？　顔もい伝子《でんし》も、全部同じはずなのに。

すごく迷《めい》わくなんだよね。ふた子に足を引っ張られるのって。

もっと明るくなりなよ。じゃないと、しょう来引きこもりになっちゃうよ？

さくらより

＊

さくらがそんなこと言うなら、わたしだって本当の気持ちを書くからね。

ずっと前から、ムカついてた。さくらを見てると、イライラする。

だって、いつも自信たっぷりで、だれからも気に入られようとしてるから。そういうのを、「八方《はっぽう》美人《びじん》」って言うんだよね？

顔もい伝子も、全部同じはずなのに、っていうのはこっちのセリフだよ。自分の顔、よく見てみたら？ フリフリしたピンク色の服ばっかり着て、気持ち悪い。わたしはかわいい、わたしは美人、なーんて思ってるんだったら、大きなまちがいだから。

迷わくしてるのは、こっちのほうだよ。ふた子がこんなにおてんばだなんて。

さくらこそ、そろそろもっと落ち着けば？ 五年生にもなって、元気で明るいのがゆい一《いっ》のいいところだなんて、めちゃくちゃはずかしいよ。

すみれより

＊

「おーい、坂田《さかた》さくらさん、いる？」

六時間目が終わり、みんなが帰りの支度《したく》を始めた頃、隣のクラスの山崎《やまざき》先生がひょこりと顔を出した。

後ろのドア付近にいたクラスメートたちが、「いるよ！」とこちらを指差す。青いジャージ姿の山崎先生は、担任の佐藤《さとう》先生に会釈《えしゃく》をして、ずかずかと教室に入ってきた。

「これ、すみれさんの連絡帳《れんらくちょう》。渡しておいてくれる？」

「あっ、はい！」

「今日《きょう》配ったプリントも入ってるから。宿題もあるけど、無理しないようにって言っといてくれ」

「分かりました」

「すみれさん、体調はどんな感じ？」

「うーんと……えっと……」

さくらが困《こま》って首を傾《かし》げていると、山崎先生は「今週出てくるのは厳《きび》しそうか」と早合点《はやがてん》してくれた。じゃ、と片手を上げ、あっという間に去っていく。

『つばめが丘《おか》小学校　五年二組　坂田すみれ』

連絡帳の表紙に丸っこい文字で書かれた名前を見て、さくらはそっとため息をついた。筆跡まで似ているのが、何とも言えず腹立たしい。ロッカーから引き出したチェリーピンク色のランドセルにすみれの連絡帳を放り込んで、自分の席へと戻った。

担任の佐藤先生がぼそぼそと連絡事項を読み上げる間、さくらは憂鬱《ゆううつ》な気持ちで窓の外を眺《なが》めていた。

すみれは今日も、部屋から出てこないつもりかな。

空はこんなに綺麗《きれい》に晴れているのに、なんだか調子が上がらない。いつもみたいに、自分から友達に話しかけて、わいわいお喋《しゃべ》りをする気にもなれない。

学校を四日連続で休んでいる、すみれの心の状態に引っ張られているのかもしれなかった。一卵性《いちらんせい》の双子《ふたご》だからか、昔からそういうことはよくある。

それとも――ただ単に、あんな交換《こうかん》日記を始めてしまったせいなのかな。

家に帰ると、「おかえりぃ～」と弟の楓《かえで》が廊下《ろうか》に駆《か》け出してきた。マッシュルームカットの頭をぽんぽんと叩《たた》いてから、もつれ合うようにしてリビングへと向かう。

今日も、お母さんは家にいた。本当は仕事に行かなければならないのに、すみれが月曜の朝から体調を崩《くず》しているから、仕方なく会社を休んでいるのだ。

「ねえねえお母さん、すみれは？」

「部屋で寝てる。相変わらず熱はないみたいだけど、吐《は》き気《け》や頭痛が長引いてるみたいね」

ハンディモップで食器棚《しょっきだな》を掃除《そうじ》していたお母さんが、こちらを振り向いた。「常に元気百パーセントのさくらと違って、すみれは昔から風邪《かぜ》を引きやすいからねえ」と、困ったように言う。

「おやつ、用意してあるわよ。楓と仲良く半分こしてね」

「はーい。やった、チョコビスケット！」

「わ！　チョコビスケットだ！」

楓と競《きそ》うようにしてダイニングの椅子《いす》に腰《こし》かけてから、さくらは天井を見上げた。

リビングの真上には、さくらとすみれの部屋がある。二段ベッドの上がさくらで、下がすみれ。勉強机は、ドアを入って右側がさくらで、左側がすみれだ。

本当に、風邪なのかな。

すみれは三日前から、部屋に引きこもったままだ。ご飯を食べるときと、お風呂《ふろ》に入るとき以外は、一切《いっさい》出てこようとしない。

それに、やっぱり、さくらのことを避《さ》けているみたいだ。交換日記だけはかろうじて書いてくれたけれど、ここ三日間は話しかけようとしても目を合わせてくれないし、寝る前の「おやすみ」の一言《ひとこと》もない。

「さっきお姉《ねえ》ちゃんたちの部屋に入ったらね、すみれ、布団《ふとん》にぐるぐる巻きになって寝てたよ。ちくわみたいだった！」

チョコビスケットをかじりながら、楓が天井を指差して言った。「ちくわって何よ」とさくらは噴《ふ》き出しそうになる。

「でね、机の上にお花柄《はながら》のノートが置いてあったから、読もうとしたの。そしたらものすごく怒《おこ》られちゃった。もー、機嫌《きげん》悪いんだからぁ」

「えっ、楓、中身は見てないよね？」

「うん。あれ、なあに？」

「交換日記。すみれと二人でやってるの。秘密《ひみつ》の日記なんだから、絶対に読んだりしないでよね」

あら、とお母さんが手を止めて、意外そうにこちらを見た。「最近あなたたち、些細《ささい》なことで喧嘩《けんか》ばかりしてるから心配してたんだけど。案外、仲良くしてるのね」

「あ、うーん……」

確かに、あの交換日記は、最近ギクシャクしていたすみれともう一度仲良くなろうと思って始めたことだった。

予想もしていなかったのだ。

それが、あんなとんでもない内容になるなんて。

「交換日記って、去年、井上《いのうえ》先生が推進《すいしん》してた取り組みでしょう。さくらのクラスでは、ブームになったのよね」

「そう。先生や友達と交換日記するの、楽しかったから」

「だからすみれともやってみようと思ったの？」

「……うん」

自信のない返事は、楓の能天気《のうてんき》な声に搔《か》き消された。「僕ね、今日、廊下で井上先生見たよ！マスクしててね、元気なさそうだったなぁ」と元気よく喋りながら、ビスケットの欠片《かけら》をテーブルにボロボロこぼしている。

去年さくらが一年間お世話になった井上先生は、今は六年生の担任をしている。一年生の楓が先生のことを知っているのは、朝登校するときに、学校近くの交差点のあたりで会うことがあるからだ。先生はいつも、優しくて安心する声で「おはよう」と挨拶《あいさつ》をしてくれる。

上品で女性らしい服装をしていて、つやつやとした綺麗な黒髪《くろかみ》を一つにまとめている井上先生は、つばめが丘小に通う全女子の憧《あこが》れだった。さくらも、先生が首につけている水色のペンダントがアクアマリンという三月の誕生石《たんじょうせき》だと知って、「同じのが欲しい」とお母さんにねだったことがある。「先生、私も三月生まれなんだよ、嬉《うれ》しい！」と話しかけると、「あら、さくらさん、どうして先生の誕生日が三月だと思ったの？」などと不思議そうに目を細めてくれる先生のことが、さくらはとても好きだった。

どうしてあんなに熱心に勧《すす》めてきたのかはよく分からないけれど、井上先生に教えてもらった交換日記という遊びも、すごく楽しかった。特にさくらたち女子は、夢中《むちゅう》になってノートを回した。お気に入りのテレビ番組、習い事の内容、好きな男の子のタイプ。いろいろなことが分かって、それまでよりもずっと仲良くなれた。

だから、双子の妹のすみれとも、交換日記を通じてなら分かり合えるかもしれないと思ったのだ。

「あら、井上先生も？　やっぱり、風邪が流行《はや》ってるのかしら。もう三月も後半だけど、まだまだ寒い日も多いものねえ」

「ねえ、多いものねえ」

楓がお母さんの口真似《くちまね》をして、今度はビスケットの欠片を床に落とした。

違うよ、お母さん。

やっぱり、すみれは風邪じゃないと思う。

お母さんは知らないのだ。日曜の夜に起きたことを。ただでさえ大人しいすみれが、心のバランスを崩し、塞《ふさ》ぎ込《こ》むようになってしまった原因を。

チョコビスケットを手に取り、パキリと半分に割った。

細かい欠片が飛び散って、ダイニングテーブルを汚《よご》した。

＊

だいたいさ、すみれはずるいんだよ。

服のセンスがなくて、いつもわたしにたよってばかり。自分で選ぼうともしないくせに、一人前に文句だけ言って、何様だと思ってるの？
すみれがわたしと服をシェアするのをやめたら、とてつもなくダサい格好《かっこう》になるんだろうね。学校でバカにされるのがこわいから、やめられないんでしょ？
結局、すみれはわたしがいないと何もできないんだよ。
学校を何日も休んでるのだって、チョー迷わく。山ざき先生に毎日すみれの体調のこと聞かれて、こまってるんだけど。

どうせ、かぜなんかじゃないんでしょ？　落ちこんでるだけなら、さっさと立ち直って、学校に行きなよ。お母さんも会社に行けなくてかわいそう。そんなの、ただのズル休みだからね。

さくらより

＊

さくらこそ、バカみたいだよね。

服なんかに興味持っちゃってさ。おこづかいも、全部ファッションざっしに使っちゃって。自分のおこづかい足りなくなったときに、お金貸してって言ってくるの、本当にうざいんだけど。自分のおこづかいくらい、きちんと管理したらどうなの？

服のセンスがないって言葉、そのままお返しするよ。わたしが自分で選ばないのは、買ってもらえる数が少ないからってこと、どうして分からないの？　こっちはわざわざ選ぶけん利を全部さくらにゆずってあげて、かわいすぎる服をがまんして着てあげてるのにさ。

ふた子だからって理由で、そっちのファッションセンスに付き合ってあげなきゃいけないわたしの気持ち、少しでも考えたことある？

学校のことはほっといてよ。わたしだって、先月さくらがインフルにかかったとき、毎日連らく帳持ってきてあげたよね？　だから、おあいこ。

すみれより

*

楓に続き、さくらも帰ってきたみたいだ。一階のリビングから、賑《にぎ》やかな声が聞こえてくる。すみれは布団にくるまって、ぼうっと二段ベッドの床板の裏を見つめていた。

日曜の夜からずっと、胸の奥に針《はり》が刺《さ》さったままになっている。本当は何も食べたくないし、トイレに行くのだって億劫《おっくう》だ。

こんなつらいときに、どうして交換日記なんかやってるんだろう。

まさに、売り言葉に買い言葉。さくらと言い争いになって、カチンときて、その勢《いきお》いでこんなやりとりを始めてしまった。交換日記をしようと提案したのはさくらだけど、途中からあんな内容にしてしまったのはすみれだから、今更《いまさら》やめたいと言い出すこともできない。

「ああ、もう」

机の上に置いてある花柄のノートを見やる。途端《とたん》に頭が痛くなってきて、すみれはすっぽりと布団をかぶった。

性格が全然違う双子。小さい頃から、姉のさくらのほうがよく周りに褒《ほ》められていた。人に好かれるのもさくらだ。すみれと違って、彼女は元気で明るいから。

あのことを知ってしまってから、すべてがおかしくなっている。もともと最近気まずくなっていたさくらとの関係も、このまま壊《こわ》れていく運命なのかもしれない。

すみれは目を閉じて、日曜の夜のことを回想した。

「ねえねえ、すみれ、起きてる？」

二段ベッドの上から、囁《ささや》き声《ごえ》が聞こえてきた。すでにまどろんでいたすみれは、夢《ゆめ》の世界から引き戻され、「どうしたの」と返した。

「喉《のど》、渇《かわ》いちゃった。洗面所に水を飲みに行きたいんだけど」

「行ってくればいいじゃん」

「すみれも一緒に来てくれない？　図書館で借りた怪談《かいだん》の本が、思ったより怖《こわ》くってさ。今、暗いとこを一人で歩けないの」

「そんなの、読まなきゃよかったのに」

「ごめんごめん。お願い、ついてきて！」

さくらは悪びれもせずに言うと、梯子《はしご》を伝って下りてきた。「しょうがないなあ」とすみれは布団から出て、姉の後に続いた。

暗い廊下に出ると、さくらはこちらを振り返って、しいっ、と唇《くちびる》に人差し指を当てた。

「まだ起きてたことがバレたら怒られるから、抜き足差し足ね！」

「そう？　別に大丈夫だと思うけど」

「念のため、念のため」

泥棒《どろぼう》にでもなったかのように、さくらは慎重《しんちょう》に階段を下りていく。仕方なく、すみれも足音を立てないようにしながら前に進んだ。

リビングの扉《とびら》は、わずかに開《ひら》いていた。そのそばを通り抜け、洗面所へと向かおうとしたとき、テレビの音に交《ま》じって、お父さんとお母さんの会話が耳に飛び込んできた。

「この季節になると、お義母《かあ》さんのこと、思い出すわね」

「ああ、そんな時期か。そうか、春だったもんなあ、あの事故が起きたのは。もうあれから八年になるんだな」

おばあちゃんのことだ、とすぐに分かった。

当時、すみれは三歳だったから、その頃のことはよく覚えていない。まだ楓がお母さんのお腹《なか》の中にいたときの話だ。

おばあちゃんは、うちに遊びに来ていたときに、ここの近所で交通事故に遭《あ》って亡《な》くなったのだという。詳《くわ》しいことは教えてもらっていないけれど、それだけは知っていた。だからお母さんは普段から、「信号は絶対に守りなさい」「横断歩道を渡るときは、左右をよく確認しなさい」と口を酸《す》っぱくして言う。

「お父さんとお母さん、おばあちゃんの話してるね」

「そうだね」

いつの間にか、さくらとすみれはリビングのドアの前で足を止めていた。おばあちゃんのことはほとんど覚えていないけれど、和室に飾ってある遺影《いえい》は、しょっちゅう目にしている。見ている側を包み込むような、あの柔《やわ》らかい笑顔の写真が、すみれは好きだった。

お母さんが、大きく息を吐いたのが聞こえた。

「あのときの傷……まだ、残っちゃってるのよね」

「ああ、ほっぺたの傷か」

「成長するうちに消えるといいな、って思ってたんだけど」

「でも、だいぶ目立たなくなっただろ」

「まあねえ」

はっとして、自分の左頬《ほお》に手をやった。

そこには、白く残る傷跡がある。目の横から頬の真ん中あたりまでを縦《たて》に貫《つらぬ》いている、まっすぐな線。遠目《とおめ》には分からないけれど、鏡《かがみ》を覗《のぞ》き込めばすぐに目につく。

でも、これは小さい頃、階段から転《ころ》げ落ちたときにできた傷だと聞かされていた。

「何だろう、『あのときの傷』って」

同じことを思ったのか、隣でさくらが呟《つぶや》き、首を傾げた。

「せめて……私が」お母さんが一瞬《いっしゅん》沈黙《ちんもく》し、言葉を続けた。「さくらかすみれのどちらかでも見てやれていたら、あんなことにはならなかったのに」

「しょうがないだろ、妊娠中だったんだから。二人を散歩に連れ出したがったのは母さんだったんだ。お前が気に病《や》むことじゃない」

お父さんが、慰《なぐさ》めるように言う。

信じられない言葉が耳に飛び込んできたのは、その直後だった。

「すみれは……まだ知らないのか」

「あの傷が、おばあちゃんと一緒に交通事故に遭ったときのものだってこと？」

「ああ」

「そんなこと、言えるわけないでしょ。自分が急に道に飛び出したせいで、助けようとしたおばあちゃんが車にはねられて亡くなったなんて……すみれが知ったらどんなにショックを受けるか」

それはそうだな、とお父さんが神妙《しんみょう》に相槌《あいづち》を打った。

その声を聞きながら、すみれは呆然《ぼうぜん》とその場に立ち尽くした。

──何それ。

足元がふらつきそうになるのを、必死でこらえる。

──私が、道に、飛び出したから？

横を向くと、さくらが蒼白《そうはく》な顔をしていた。目を大きく見開いて、すみれの左頬を凝視《ぎょうし》している。

傷を見ているのだ。

すみれが──八年前に、おばあちゃんを死なせてしまったときの傷を。

「見ないでっ」

鋭《するど》く囁き、すみれは身を翻《ひるがえ》して階段を駆け上がった。「待って！」とさくらが呼び止める声がする。それを振り切って、一直線に部屋へと向かった。

テレビがついていたからか、お父さんとお母さんが気づいた様子はなかった。

暗い寝室で、すみれは頭から布団をかぶり、身体《からだ》中を震《ふる》わせた。しばらくして、さくらが戻ってきた。何度も声をかけられたけれど、頑《かたく》なに無視を続けた。

やがて、さくらは二段ベッドの梯子を上っていった。

この傷のせいで──ただでさえ、嫌《いや》な思いをたくさんしてきたのに。

傷跡のない、つるりとした綺麗な頬をしているさくらは、この気持ちを決して理解できないだろう。

眠りに落ちるまで、やり場のない思いを何度も何度も、布団の中の暗闇《くらやみ》にぶつけた。

「おーい、すみれー、チョコビスケットなくなっちゃうよー」

階段の下から、楓の大声が聞こえてきた。

「ちょっと楓、ほっといてあげなって」

「でも、すみれもビスケット好きでしょ？」

「風邪引いてるから、食欲がないんだよ」

「あ、そっかあ」

さくらが注意する声と、二人がリビングへと戻っていく足音がした。ドアが閉まり、また静かになる。

明日《あした》は、学校に行けるかな。

やっぱり……まだ無理かな。

頭痛と吐き気がぶり返してきた。すみれは目をつむり、涙《なみだ》で濡《ぬ》れた枕《まくら》に左頬を委《ゆだ》ねた。

＊

今日も学校に行かなかったね。これで、月曜から金曜まで、一週間休みっぱなし。

すみれはいくじなしだよ。弱すぎるよ。おばあちゃんのことは確かにちょっとショックだけど、「わたし、重い運命せおってます」なんてアピール、こっちは見たくもないから。顔のキズくらい何なの？　同じ顔のふた子なのに、わたしより友達が少ないのは、そのせいとでも思ってるの？　だとしたら、大きなかんちがいだからね。すみれがみんなと仲良くできないのは、暗い性格のせい。もっと愛想よくすればいいのにさ。自分の努力が足りないんだよ。日曜の夜、お父さんとお母さんの話を立ち聞きしてからずっと、わたしのことをさけてるよね。おやつのときに楓がいくらよんでも来ないし、ご飯を食べたらすぐに部屋に帰っちゃうし。ひどいよ。落ちこむのは勝手だけど、家族を大切にする気持ちをもっと持てないわけ？　本当にいろいろ残念だね、すみれって。

さくらより

*

さくら、うざいよ。ずいぶんと上から目線で話すんだね。

どうせ、自分は関係ないって思ってるんでしょ？

そりゃそうだよね。三人での散歩中に、おばあちゃんが道に飛び出したわたしを守ろうとして車にひかれたとき、さくらは道のはしっこで待ってたんだもん。自分がえらい子だったからって、わたしのこと見下《みくだ》してるんでしょ？

さくらのそういうところ、本当にきらい。同情するようなことばっか言って、心配してるふうな顔を上手《うま》く作っちゃってさ。心の中では、ひとごとだと思ってるのにね。

学校で、いつも先生たちにいい顔してるのといっしょ。わたしに同じような手を使ってもムダだよ。全部お見通しだからね。

あとさ、いちいちお姉さんぶるのもやめてほしい。確かにさくらはわたしの姉だけど、お母さんのおなかから出てきたの、たった三分差だよ？　大して変わんないじゃん。えらそうにしないでよ。

どうしてそうやって、すぐ上に立とうとするのかな、さくらって。

すみれより

*

テレビゲームに興《きょう》じている楓と颯馬《そうま》くんのはしゃぎ声が、リビングに響《ひび》いている。お母さんと颯馬くんママは、ダイニングテーブルを挟《はさ》んで向かい合い、お客さんが来たときしか出さない綺麗な模様《もよう》のティーセットでお茶をしている。

さくらは、ソファの端《はし》に腰かけて、花柄のノートを読み返していた。

とても平和な、土曜日の昼間。だけど、さくらが手にしているこの交換日記の中身は、全然穏《おだ》やかじゃない。

「うわー、また負けたー」

「よっしゃ、俺《おれ》の勝ち！」

楓が肩を落とし、颯馬くんがガッツポーズをしている。連敗して悔《くや》しくなったのか、楓はコントローラーをカーペットの上に置き、「ねえ、そろそろ僕たちもおやつ！」と甘えた声を出した。

「はいはい。じゃあ、颯馬くんのお母さんが買ってきてくださったマドレーヌを食べましょうか」

「あ、『マチコの森』の？」

「そうよ」

「やった、僕、あのお店のマドレーヌ大好き！」

跳《と》びはねる楓の袖《そで》を、颯馬くんが引っ張った。「ねえ、すみれちゃんは？」と気遣《きづか》うように言いながら、さくらの顔をちらりと見やる。

「あ、いいよ。私が呼んでくるね」

さくらは颯馬くんに向かって微笑《ほほえ》み、花柄のノートを持ったままソファから立ち上がった。どうせ、交換日記を渡さないといけないと思っていた。自分は書き終わったから、今度はすみれの番だ。

リビングを出て、階段を上る。二階の突き当たりの部屋に入ると、机の前に座っていたすみれがぶすっとした顔で振り向いた。

「ノックくらいしてよ」

「なんでよ？　ここ、私たち二人の部屋じゃん」

「でも、突然入ってこられたらびっくりするでしょ」

「意味分かんない。はい、これ」

さくらが花柄のノートを差し出すと、すみれはひったくるようにして受け取り、机の上へと放り投げた。「ねえ、私のノートなんだけど！」と抗議《こうぎ》すると、「あー、ごめんごめん」と反省の色のない言葉が返ってくる。

相変わらず、すみれはちっとも目を合わせてくれない。日曜の夜に盗《ぬす》み聞きしてしまったことを、ずっと引きずっているのだ。

ため息をつきそうになるのをこらえ、できる限り優しい声で話しかけた。

「颯馬くんママが、『マチコの森』でマドレーヌを買ってきてくれたんだって。今からおやつにするから、すみれも一緒に食べようよ」

「どうしようかな。あんまりお腹空《す》いてないんだけど」

「でも、颯馬くんがすみれのこと気にしてたよ」

楓の一番の仲良しである颯馬くんは、姉のさくらやすみれのこともよく知っている。今まで何度も、テレビゲームやボードゲームをして遊んだことがあるからだ。それなのに、今日はすみれが二階の部屋に引きこもっているから、一年生なりに心配してくれたのだと思う。

「まあ……ちょっとなら行こうかな」

考えるそぶりをしてから、すみれはだるそうに腰を上げた。なんだかんだ言って、マドレーヌに惹《ひ》かれているのだ。颯馬くんママが持ってきてくれるのは、近所で一番人気のケーキ屋さん『マチコの森』の焼き菓子《がし》と決まっているから。

二人して階段を下りていくと、リビングから一年生同士の話し声が聞こえてきた。

「さくらちゃんとすみれちゃんって、顔が一緒でしょ。どっちがどっちって、どうやったら分かるの？」

「えー、颯馬、何度も一緒に遊んだことあるのに、分かってなかったの？」

「だってさ、難しいんだもん」

口を尖《とが》らせている颯馬くんの表情が目に浮《う》かぶ。さくらは思わず笑いそうになりながら、リビングのドアに手をかけた。

「それはね、簡単、簡単。すみれはね、ほっぺに大きな傷があるの。さくらにはないよ」

楓の無邪気《むじゃき》な答えに、はっと足を止める。

背後で、すみれが息を呑《の》む音がした。

「他にもあるよ。さくらはとってもお喋りだけど、すみれは人の話を聞いてばかり。あと、さくらはニコニコしてるけど、すみれはいつも不機嫌《ふきげん》そうでね――」

「楓！」

ドアを開け放し、ペラペラと喋っている弟を大声で叱《しか》りつけた。リビングに踏《ふ》み込んでいき、楓の両肩をむんずとつかむ。

「そんなひどいこと言わないで！　せっかくすみれが下りてきてくれたのに！」

さくらの剣幕《けんまく》に、楓は驚いたようだった。もともと丸い目を大きく見開き、直後に声を上げて泣き始める。

一年生だからって、無神経すぎる。だけど、たぶん、楓に悪気《わるぎ》はなかったのだろう。颯馬くんに質問されて、自分が姉たちを見分けるときに意識しているコツを、正直に言ってしまっただけだ。

さくらは慌《あわ》てて後ろを振り向いた。すみれはリビングの入り口に佇《たたず》んだまま、目を伏《ふ》せて下唇を噛《か》んでいた。

「ちょっと、いきなり怒鳴《どな》ることはないでしょう？　楓も、颯馬くんに変なことを教えないの。ほら、すみれ、こっちにおいで」

お母さんが呆《あき》れた顔をして、さくらたち三きょうだいに声をかけた。

でも、すみれはリビングに入ってこようとしなかった。ぶすっとした顔のまま、右手を前に突き出す。

「マドレーヌちょうだい。二階で食べる」

「え？　それはダメよ。颯馬くんママにも失礼でしょう」

「いえいえ、私はいいのよ。すみれちゃん、まだ風邪気味なんでしょう？　よかったらお部屋に持っていって、ゆっくり食べてね」

颯馬くんママが目を白黒させながら立ち上がり、すみれの手にマドレーヌの袋を一つ置いた。すみれはぼそりとお礼を言うと、さっと回れ右をして、階段を駆け上がっていってしまった。

楓はまだ泣いている。颯馬くんは凍《こお》りついたように立ち尽くし、リビングのドアを見つめていた。

空《あ》いている椅子に座り、ココア味のマドレーヌを手に取った。袋を開《あ》け、無言でぱくりと口に入れる。

そんなはずはないのに、ちょっぴり苦かった。

＊

もう、いいかげん頭にきた。さっきの態度、何なの？ せっかくおやつによんであげたのに、また部屋に引っこんじゃってさ。そうまくんも、そうまくんママもびっくりしてたよ。

そういうところが、すみれの悪いところなんだよね。すぐへそを曲げて、だれにも心を開かなくなるところ。

わたし、もういやだな。すみれといっしょにいるの。

提案なんだけど、お父さんとお母さんに相談して、中学は別のところに行ってくれない？ 同じ学校の、同じ学年に、できの悪い妹がいるのって、迷わくなんだよね。「坂田さくらさんはゆう等生なのに、坂田すみれさんはねえ」って、いつも先生たちに言われてるんだから。

すみれなんか、わたしのオマケなんだよ。

勉強も、スポーツも、わたしのほうが全部上。友達が多いのも、男の子からモテるのもわたし。

もう、金魚のフンみたいに後をついてくるの、やめてくれる？

さくらより

＊

はあ？　さくらこそ、別の中学に行けば？

自分では気がついてないかもしれないけど、さくらって、学校でういてるよ。

負けずぎらいすぎて、勉強もスポーツも、二位以下になったらすぐにおこるんだもんね。周りがどれだけ気を使ってるか、一度でも考えたことある？

家でもそうだよ。自まん話ばっかり、お母さんにしてさ。運動会でリレーの選手になったとか、図工の時間にかいた自画像がみんなの前でほめられたとか。

そんなの、どうでもいいじゃん。

そうやってしゃべりまくって、お母さんをひとりじめしてるところ、本当にきらいだよ。いつもいつも、自分だけがほめられたいんだよね。ふた子なのに、そばにいるわたしの気持ち、全然分かってない。

同じ学校の、同じ学年に、でしゃばりな姉がいて、こっちこそ迷わくしてるから。「坂田すみれさんは落ち着いてるのに、坂田さくらさんはいつまでも子どもっぽいわねえ」って先生たちに言われてるの、知らないの？

わたしみたいに、もっと大人になりなよ。

すみれより

＊

すみれは椅子に腰かけたまま、俯《うつむ》いて怒声《どせい》をやり過ごしていた。

「いったい何なの、この交換日記は！」

お母さんが声を荒らげている。右手に掃除機、左手に花柄のノート。さくらが机の上に置いていたノートがいつの間にか床に落ちていて、掃除の最中に見つかってしまったようだ。

さくらも、自分の勉強机の前に座っていた。いつもは叱られてもケロッとしているのに、いつになく悲しそうな顔で、お母さんを見上げている。

「あのねえ、さくら。井上先生は、こんなものを推奨《すいしょう》してたわけじゃないでしょう？　お互《たが》いのことを理解して、もっと仲良くなるための交換日記なんじゃないの？　これじゃ、ただの悪口のぶつけ合いじゃない」

「でも、そうじゃなくて――」

「最初のほうしか読んでないけど、さくらもすみれも、まあひどいことばっかり書いて。こんなのがずっと続いてるの？　まったく、仲直りの印に交換日記を始めたのかと思ったのに、ノートの中で喧嘩の続きをしてたってわけ？」

「別に、そういうつもりじゃ――」

「言い訳はやめなさい！　もう、お母さん悲しいわよ。娘《むすめ》たちがこそこそ隠《かく》れて、こんな暴言《ぼうげん》のやりとりをしてたなんて！」

さくらが必死に弁解しようとしているけれど、お母さんは聞く耳を持たなかった。どうしよう、とこちらに目をやるさくらに向かって、すみれは無言で首を横に振った。

「このノートは捨てますからね」

「嫌だ、やめて！　エマちゃんから誕生日にもらった、お気に入りのノートなの」

「なら、こんなふうに使わなければよかったでしょう」

「ごめんなさい。今までのページは全部切り取るから、ノートは捨てないで。お願い！」

「まあ、それならいいけど。二人でちゃんと話して、仲直りしなさいよ」

お母さんはさくらにノートを返し、掃除機をガタガタと引っ張りながら部屋を出ていった。

廊下で、掃除機が再び唸《うな》り始める。「ねえねえ、お姉ちゃんたち、なんで怒られてたの？」という楓の能天気な声も、かすかに聞こえてきた。

部屋に残されたさくらとすみれは、無言で顔を見合わせた。

「……あのさ」

しばらくして、さくらが気まずそうに口を開いた。

「もうそろそろ、やめない？　すみれの気持ちはよーく分かったからさ。いったん、終わりにしたいんだけど」

花柄のノートを、ぽんと床に投げ出す。すみれはそれをじっと見つめてから、「私もそう言おうと思ってた」と告白した。

交換日記を通じて、さくらの気持ちは、びっくりするほどはっきりと伝わってきた。双子だから心が通じ合うとか、テレパシーが使えるとか、そんな迷信はまったくの嘘《うそ》だった。

いくら一卵性の双子でも、一緒に過ごしているだけじゃ、相手の考えていることは分からない。

簡単にすれ違うし、勝手に壁《かべ》を作り合う。

「ねえ、さくら」

「ねえ、すみれ」

同時に、お互いの名前を呼ぶ。

同時に、床に落ちている花柄のノートを指差す。

「私、さくらのこと、」

「私、すみれのこと、」

「こんなふうに、全然思ってないよ！」

台詞《せりふ》が、ぴったりシンクロした。

すみれは仰天《ぎょうてん》して息を呑んだ。

さくらも目を真ん丸にして、こちらを見返している。

「え、そうなの？」

「えっ、そうだったの？」

「絶対にそうだと思ってたんだけど」

「私こそ、絶対にそうだと思ってた！」

「『うん、そうだよ』って言われるんだろうなって」

「『そのとおりだよ』って言われるんだろうなって」

「それで、全部終わりになるのかと」

「もう仲直りなんてできないかもしれないって……」

　さくらが椅子から立ち上がり、身を屈《かが》めて花柄のノートを拾った。すみれは双子の姉に近づいていって、そっと手を差し出した。

「続き、書いてもいい？　次、私の番でしょ」

「あっ、うん！」

「今度は、私の本当の気持ち、ちゃんと整理して書くから」

「じゃあ、私もそうするね」

　さくらがにっこりと微笑んだ。目や鼻の位置も形も全部同じだけれど、鏡で見る自分のものとはまったく違ってみえる、天使のような顔。

　受け取ったノートを、自分の勉強机に載《の》せた。

　さっそくデスクライトのスイッチを入れ、椅子に腰かけてシャーペンを握《にぎ》る。

　がんじがらめになっていたルールを取り払って、すみれは正直に、自分の思いを綴《つづ》り始めた。

*

　坂田さくらになりきるのは、もうおしまい。

　ここからは、坂田すみれとして、わたしの本当の気持ちを書くことにするよ。

読み返してみると、ひどい内容だね。これじゃ、お母さんにおこられるのも仕方ないや。相手にどう思われてるか想像して、自分のことをこんなに悪く書けるなんて……実はわたしたち、同じくらいネガティブな性格だったんじゃない？

まず……謝《あやま》らないとだね。

ほっぺのキズができた原因を知ってから、ずっと落ちこんでてごめん。学校にも行かなくて、さくらがはげましてくれる言葉も聞こうとしなくて、本当にごめん。

この交かん日記も、さくらがわたしを元気づけようとして、始めてくれたのにね。

最初のページに書いてあった、『おばあちゃんのこと、ショックだったね。今のすみれの気持ち、わたしには分かるよ。同じくらい悲しいよ』って文を見て、「そんなわけない！」って思っちゃったんだ。ほっぺにキズがなくて、おばあちゃんが死んじゃった交通事故にも関係がないさくらは、わたしの気持ちなんて分かるはずない。さくらはいい子だから同情するふりをしているだけなんだ、って。

さくらが交かん日記に書いてくれた言葉が温《あたた》かすぎて、だからこそ反発しちゃったんだと思う。「そんなこと言って、どうせ全部ウソなんでしょ！」ってね。そしたらさくらは、「本当だってば！　どうして決めつけるの？」っておこったんだよね。だけど、わたしはあのとき落ちこみすぎてて、さくらのやさしい言葉が信じられなかった。

それで、カチンときて、その場で一ページ目を破りすてて、変な提案をしちゃったんだ。

「そんなにいい人ぶるなら、わたしがさくらの本当の気持ちを書いてみてあげる。さくらも、わたしがどう思ってるか、真けんに考えてみてよね！」って。

役わり交かんをしたせいで、こんなにおかしなことになるなんてね。でも、さくらの心の中がちゃんと分かって、よかったのかもしれない。

ねえ、さくら。

わたし、さくらが八方美人ででしゃばりだなんて、思ってないよ。

おてんばとか、子どもっぽいとか、感じたこともない。

えらそうで、わたしのこと見下してるなんて……さくらは全然、そんな子じゃないよ。

というか、逆。

今まできちんと口に出したことがなかったかもしれないけど……さくらはやっぱりすごいよ。学校の友達や先生にも人気があって、勉強もスポーツもよくできて、服のセンスもピカイチで、ニコニコしてかわいくて。わたしはさくらみたいにはなれないから、いつもうらやましく思ってる。

ふた子だから、確かにちょっと、やきもちは焼いてたかもね。

でも、それだけ。

最近は、性格が正反対になってきたから、服の取り合いとか、部屋のきたなさとか、小さなことですぐケンカになってたね。それが積もり積もって、とうとうばく発しちゃったのが、この間のほっぺのキズのことだったんだ。

わたしのせいだね。本当にごめん。

さくら、いつもありがとう。

かわいい服を、わたしにも着せてくれてありがとう。おかげで、わたしも友達にほめられることが多いんだよ。そのたびに、すごく得した気分になってる。

明るく元気にふるまってくれて、ありがとう。さくらのふた子の妹ってだけで、あんまり話したことがない他のクラスの子も、わたしに声をかけてくれるんだよ。家でも、口下手《くちべた》なわたしの代わりに学校のことを報告してくれて、いつも助かってるよ。

あとは、先週学校を休んじゃったとき、毎日連らく帳を持ち帰ってきてくれてありがとう。

明日からは、きちんと登校するからね。

わたし、これからはもっと素直になれるように気をつけるよ。

さくらは、これからもずっと、わたしの自まんのお姉さんでいてください。

本物のすみれより

＊

よかった。やっと坂田さくらにもどって、交かん日記を書けるんだね。

すみれになりきるの、すごく大変だったよ。それに、苦しかった。すみれは、わたしのこと……きらいなのかと思ってたから。

だから今、うれしいよ。すみれがわたしのこと、そんなふうに思ってくれてたなんて。わたしが選ぶ服も、気に入ってくれてたなんて。すみれはおしゃべりでうるさいわたしのことが苦《にが》手《て》なのに、わたしがきずつかないように、ずっとだまってくれてたんだと……。わたしたちって、きょりが近すぎて、あまりに近すぎるせいで、逆に遠くなってたんじゃないかなあ。なんだか、そんな気がするよ。

わたしもね、全然思ってないよ。

すみれの性格が暗すぎるだなんて。わたしの足を引っ張ってるだなんて。服のセンスがダサいだなんて。できが悪いだなんて。わたしのオマケだなんて。

いくじなしとか、弱すぎるとか、そんなこと思うわけない！

だって、おばあちゃんのことは、本当に悲しい話だもん。わたしがすみれの立場だったとしても、一週間学校に行けないくらい落ちこむよ。ご飯やおやつも食べたくなくなるだろうな。そんなときに顔のキズのことを楓に言われたら、そうまくんが遊びに来ていても、部屋に引きこもっちゃう。

確かにわたしは、すみれじゃないから、すみれの気持ちを完ぺきには分かってあげられてないかもしれないね。

だけど、もし自分だったらって想像したときに、むねがものすごくいたくなるのは、本当のことなんだよ。

すみれのことが、とても心配だったの。

ただ、それだけ。

そうだ、一つ、言っておきたいことがあるんだ。

すみれは自分の顔のキズのことを気にしてるみたいだけど、お父さんが言ってたとおり、もうほとんど目立たなくなってるよ。わたしはふだん、全然気にしたことがないな。だって、よく見ないと分かんないし、キズなんかあってもなくても、すみれはすみれだもん。

だからね、すみれの性格に、ほっぺのキズは関係ないと思う。

大人っぽくて、落ち着いていて、整理整とんが上手《じょうず》で。あと、本もたくさん読んでて、わたしより知識がいっぱいあって。

そんなすみれを、わたしはすごくかっこいいと思ってるよ。

社交辞令なんかじゃないからね。ふた子の妹に、ウソなんかついても意味がないでしょ。

言っとくけど、わたしはいつだって素直だよ？

すみれ、いつもありがとう。

負けずぎらいで、何でもすみれと競争したがるめんどくさいわたしのことを、やさしく受け入れてくれて。

お父さんやお母さんにあまえてばっかりのわたしを、いつもそばで見守ってくれて。

わたしのどうでもいいおしゃべりを、いやがらずに聞いてくれて。


あと、ごめんね。

最近、細かいことでケンカしてたのって、だいたいわたしのせいだったよね。

その日着る服にこだわりすぎて、すみれがせっかく用意してたスカートを取り上げちゃったり。わたしが部屋を散らかしたせいで、すみれまでいっしょにお母さんにおこられちゃったり。

来月からは六年生になるわけだし、わたしもすみれを見習って、もっとしっかりした人間になれるようにがんばるね。

本物のさくらより

「役わり交かん日記」、お母さんにはしかられちゃったけど、やってよかった！

自分の好きな人のことを悪く言われると、むきになってかばいたくなることって、あるよね？　今のすみれに対する気持ちが、そんな感じだな。

＊

公園で縄跳《なわと》びをしよう、と言い出したのは楓だった。

学年に、もう二重跳びができるようになった男子がいるらしい。楓はその子にライバル心を燃やしていて、新学期が始まるまでに、最低でも一回は跳べるようになりたいのだという。教えてあげるよ、とさくらは即座にソファから立ち上がった。私も久しぶりにやろうかな、とすみれまでついてきたのは、ちょっぴり意外だった。

「わあ、今日、あったかいね」

家の外に出た瞬間、楓がスキップを始める。

とても天気のいい日だった。

空には、薄く長い雲がたなびいている。つい最近まで肌《はだ》を突き刺していた寒さはどこへやら、頬を撫《な》でる風はすっかり春のものだ。

家から徒歩五分のところにある、つばめが丘北公園。足を踏《ふ》み入れた途端、三人そろって歓《かん》声《せい》を上げた。

「綺麗！」

「桜《さくら》だ！」

「満開だ！」

敷地の端《はし》に一本だけ植わっている桜の木に向かって、一斉《いっせい》に走り出した。

ピンク色の花びらが、青空に映《は》えている。木の周りだけがスポットライトを浴びているかのようだ。この小さな公園の主役は私よ、とでも言いたげに、堂々と枝を伸ばしている。

「お姉ちゃんたちが生まれた季節だね」

楓が、桜の木の幹に抱きつきながら言った。

「さくらとすみれって名前、写真のおばあちゃんがつけてくれたんでしょ？」

「うん、そうだよ」

「いいなあ。僕が生まれたとき、おばあちゃんはもう死んじゃってたからなあ」

「でも、私たちが『さくら』と『すみれ』じゃなかったら、秋生まれの弟が『楓』になることもなかったんじゃない？」

「そっか。じゃ、僕の名前も、おばあちゃんがつけてくれたみたいなものかあ！」

亡くなったおばあちゃんと繋《つな》がりがあることを、楓は誇《ほこ》りに思っているようだった。

さくらだってそうだ。一緒に過ごしていた頃の記憶《きおく》はほとんどないけれど、春になるたびに心が浮き立つような名前をくれたおばあちゃんは、きっと素敵《すてき》な人だったのだろうと思う。

「さくらはいいよね」

桜の木を見上げ、すみれが目を細めた。

「自分の名前の木が、公園とか学校とか、いろんなところに植えられてて」

「何言ってるの」と、さくらはすみれの脇腹《わきばら》を小突《こづ》く。「すみれのほうが得だよ。春の初めから終わりまで、菫《すみれ》は長く咲くんだから。桜はほんの一瞬でしょ」

「高いところに花が咲くのもいいなあ。目立つし、華《はな》やかだし」

「見つけたら摘《つ》んで持って帰れるの、羨《うらや》ましい。おばあちゃんの写真の前に、何度もお供《そな》えしたことあるもんね」

「桜だって、花びらなら集められるよ」

「散って地面に落ちた花びらより、花瓶《かびん》に差せるほうが綺麗だよ」

「そうかなあ？」

「そうだってば」

「本当に？」

「絶対にそう」

　すみれと目を合わせ、同時に噴き出した。「え、何？　どうしたの？」と楓がきょとんとした顔で尋ねてくる。

　何が面白《おもしろ》いのか全然分からないのに、さくらとすみれだけが二人して笑い出すということは、昔からよくあった。そのたびに、お父さんやお母さんは今の楓みたいな顔をして、「やっぱり双子ねえ」と目を瞬《またた》いていた。

　別になんでもないよ、と繰《く》り返《かえ》すさくらを、楓が不服そうに見上げる。

「桜も菫も、家の近くに咲いてるからずるいな。僕の名前の木は、わざわざ車で紅葉《こうよう》を見に行かないとないんだよ？」

「へえ、楓もそのへんにある植物の名前がよかったの？」

「うん！」

「坂田銀杏《いちょう》くんとか？　それともぎんなんくん？」

「坂田どんぐりくん？　松《まつ》ぼっくりくん？」

「え、すみれまでひどい！　意地悪！」

「ひどくなんかないよ」

「意地悪なんかしてないよ」

「真剣《しんけん》に考えたのにねえ」

「そうだよねえ」

「枯れ葉くんとかどうかな」

「落ち葉くんのほうがまだましじゃない？」

「もー、お姉ちゃんたち最低！」

どうせなら前跳びをしながら追いかけようと、「早く、縄跳びやるよ！」と公園の真ん中へと駆けていった。

楓は頰を膨《ふく》らませ、プラスチックの持ち手を両手に握る。横を見ると、すみれも同じように縄をスタンバイしていた。

ふふ、という声が、どちらからともなく漏《も》れる。

「じゃ、駆けっこね！」

「今日は負けないよ」

よーいどん、で走り出す。三歩もいかないうちに、お互いの縄が絡《から》まって転びそうになる。

大声で笑いながら縄をほどいているさくらたちを、楓がじれったそうに呼んだ。

「ねえねえ！　早くしてったら！」

はーい、と揃《そろ》えた声が、春風に乗って流れていった。

「交かん日記をするときのお約束」

◎ほかの人の悪口は書かないようにしましょう。

第四話　母と息子

きょうは、ミニトマトのたねをまきました。

人さしゆびの一つ目のせんまでのあなを作ってねって先生がゆってたから、そうしたのに、となりの人は二つ目のせんにしちゃってた。

だからぼくは、ポットをとりあげて、やりなおしました。そしたら女の子がないた。

＊

「ママ、交換《こうかん》日記やろう」

息子《むすこ》の晃太《こうた》が突然学習帳を差し出してきたのは、学校から帰ってきてすぐのことだった。どうも、真弓《まゆみ》がオーブントースターでおやつの鯛焼《たいや》きを温《あたた》める間に書き上げたらしい。隣《となり》の部屋にある学習机に向かって何かを書いている様子だったから、今日《きょう》こそ自発的に宿題を始めてくれたのかと内心期待していたのに。

「え、交換日記？」

「うん。ママが続きを書くの」

渡された学習帳は、国語のノートの予備のつもりで買っておいたものだった。中を開こうとすると、「ダメ！」と鋭《するど》い声が飛んできた。

「今は見ないで。僕がいないときにやるの」

「あら、どうして？」

晃太はそれ以上詳《くわ》しい説明をせず、一心不乱《いっしんふらん》に鯛焼きを食べ始めた。尻尾《しっぽ》の部分を牛乳《ぎゅうにゅう》で流し込むと、「いってきます！」とリビングを飛び出していく。数秒後に、玄関のドアが閉まる音が聞こえた。

帰宅するとすぐに近所の公園に遊びに行くのは、幼稚園《ようちえん》の頃から変わらない、晃太の日課だ。

取り残された真弓は、受け取ったばかりの学習帳を開いた。ミニトマトの種まきに関する短い文章を読み、首を傾《かし》げる。

「どういう風の吹き回しかしら」

生活科の授業の様子を日記につけたということは分かる。だが、国語が大嫌《だいきら》いな晃太が、突然こんなものを書き始めたのが不思議でたまらなかった。

教科書の音読や漢字の書き取りでさえも極端《きょくたん》に嫌《いや》がるのに、なぜ日記をつけようと思い立ったのだろう。

しかも、よりによって、母親との交換日記を。

そこまで考えて、ようやく思い出した。

学校からのお便りをまとめてあるクリアファイルを取り出してきて、学級通信を探す。『つばめが丘《おか》小　2の2　なかよし通信』と題されたB5用紙は、全部で五枚あった。今年度から晃太の担任になった井上《いのうえ》先生は、一週間に一回、必ず保護者向けに学級通信を発行してくれていたのだ。

そのうち四月の初めに配られた一枚に、こんなことが書いてあった。

『私は毎年、クラスの子どもたち一人一人と交換日記をすることにしています。これを通じて、お互《たが》いについての理解を深め合い、クラス運営に役立てていくつもりです。書く内容は、学校のこと、おうちでのこと、普段考えていることなど、何でもかまいません。まとまった量の文章を書く練習にもなりますので、ご家庭でもご協力お願いいたします』

最初にこれを見たとき、心配になった。クラス全員と交換日記をするなんて、やる気が空回《からまわ》りするタイプの教師ではないか、と危《あや》ぶんだのだ。

第一、そのやり方はずいぶんと古いような気がした。交換日記というのは、ケータイやスマートフォンが普及《ふきゅう》する前の時代に、女子学生の間で爆発《ばくはつ》的に流行《はや》ったものではなかったか。真弓自身、中学の頃にハマった記憶《きおく》がある。井上先生も、真弓よりは年下かもしれないが、おそらく同じ世代だろう。

きっと、自分がやって楽しかったという安直《あんちょく》な考えのもと、生徒にも同じことをさせようとしているのだ。

交換日記などという負担《ふたん》の重い宿題を、まだ幼い子どもの尻《しり》を叩《たた》いてやらせなければならない、親の気持ちも考えずに。

学級通信を読んだだけで、そんな想像が膨《ふく》らみ、憂鬱《ゆううつ》になった覚えがある。始業式の日に学校まで付き添《そ》ったとき、井上先生がキラキラと光る水色の石がついたペンダントを着用していたことも、悪い印象に拍車《はくしゃ》をかけた。確かに公立の小学校は服装の規定が緩《ゆる》いのかもしれないが、教師たるもの、常に児童の手本となるよう心掛けるべきではないのか、と。

だが、意外なことに、井上先生はとても優秀な教師だった。細かいところまで気が回り、クラス運営の改善策を実行に移すのも早い。最も助かったのは、晃太が家で一切《いっさい》宿題をやろうとしないと相談したところ、「できるだけ学校で終わらせられるよう工夫《くふう》してみます」と、休み時間や放課後に時間を割《さ》いてくれるようになったことだった。

おかげで真弓は、毎日の悩みから解放された。晃太は井上先生にすっかり懐《なつ》き、喜んで学校に通うようになった。一年生のときに登校渋《しぶ》りを繰《く》り返《かえ》していたのが嘘《うそ》のようだった。

「そっか……これも、井上先生の影響《えいきょう》なのね」

学習帳を手に、真弓はそっと呟《つぶや》いた。

晃太は学校であったことをほとんど話さないため、交換日記の取り組みがすでに始まっていたとは知らなかった。真弓の知らないところで、井上先生とは何度もやりとりをしていたのだろう。

それで——大好きな井上先生が学校からいなくなった今、代わりに母親と、交換日記の続きをしてみようと思い立ったわけだ。

「こんなものより、宿題をやってくれたほうが嬉《うれ》しいんだけど」

そう呟き、いったん学習帳をテーブルの上に置いた。

交換日記の続きを書くのは、お皿を洗《あら》ってしまってからにしよう。

＊

一年生のときはアサガオをそだてたけど、ことしはミニトマトをそだてるのね。みがなったら、クラスのみんなといっしょにたべるの？　こうたはトマトがにがてだから、それまでにおうちでもトマトをたくさんたべて、れんしゅうしないとね。

クラスの女の子をたすけてあげたのはえらいよ。だけど、むりやりとりあげるのはよくないね。きっと、びっくりしてないちゃったんじゃない？

学校はたのしい？　なかつ先生とも、なかよくやれてる？

＊

　耳にタコができそうだ。

　これまでに何度聞いたか分からないアニメの台詞《せりふ》が、テレビから流れている。

『こんなの絶対許せない！　ターイム、リバース！』

　金色と黒の交《ま》じった髪《かみ》をした主人公の男の子が、額《ひたい》につけた宝石に手を当てて叫ぶ。特殊《とくしゅ》なエメラルドの力で時間を巻き戻し、街外《まちはず》れの工場で起きた悲惨《ひさん》な火災《かさい》事故を回避《かいひ》しようとするシーンだ。

　外遊びから帰ってきた後、この三十分間のアニメを欠かさず見るのも、晃太の日課だった。

といっても、毎日新しい話の放映があるわけでも、たくさん録《と》り溜《た》めたシリーズを順番に再生しているわけでもない。数か月前にたまたま一度だけ録画した回を、飽《あ》きずに繰り返し見ているのだ。

『あのトラックだ！　荷物が工場に搬入《はんにゅう》されるのを止めれば、火事は防げる！　たくさんの人が助かるんだ！』

毎日この時間になるたび、晃太にきょうだいがいなくてよかった、と思う。もしいたら、見たい番組をめぐって大喧嘩《おおげんか》になっていたことだろう。最悪の場合、テレビを二台置くことになっていたかもしれない。

全面的に受け入れてやらないといけないのだとは理解しつつも、晃太の「こだわり」には、未《いま》だに手を焼いていた。

晃太がＡＳＤ——自閉《じへい》スペクトラム症《しょう》と診断《しんだん》されたのは、小学校に上がる直前の冬のことだった。

その時点ですでに、他《ほか》の子と何かが違う、という感覚はあった。だから、医者からそう告げられても、驚《おどろ》きはしなかった。

まず、同年代の子と比《くら》べて、晃太は言葉の発達が遅かった。幼稚園でも、いわゆる「手のかかる子ども」であり続けた。全体でのお遊戯《ゆうぎ》にはちっとも関心を示さないのに、積《つ》み木《き》やパズルには異常なほど執着《しゅうちゃく》し、並べている途中で先生や他の子に取り上げられるとヒステリックに怒《おこ》る。遠足や運動会など、一日のスケジュールが変則的になる日には、先生にべったりくっついて泣き続ける。

その特性は、小学生になった今も健在だ。図鑑《ずかん》に載《の》っている虫や植物の名前は一つ残らず暗記しているが、クラスの友達の名前はまったく覚えようとしない。一日の生活リズムが本人の中で決まっていて、順番を崩《くず》されると癇《かん》癪《しゃく》を起こす。一度気に入ると、同じテレビ番組の録画を何十回と繰り返し見る——など。

幸い、知的な発達の遅れはないため、小学校ではなんとか普通《ふつう》学級に入れてもらっている。それでも、最初の一年は苦労の連続だった。

宿題を絶対に家でやろうとしない。朝には登校を渋る。始業式や運動会といったイベント時にはパニックを起こす。

そんな息子のため、ほとんど毎日のように学校まで付き添った。一時間近くなだめすかして校門まで連れていき、校長先生や教頭先生まで迎《むか》えに出てきてくれたのに、結局家に連れて帰る羽目になったことだって何度もあった。

そんな日々が、二年生になって井上先生という素晴らしい担任に当たり、ようやく終わったと思っていたのに——。

やるせない感情を、まな板の上のカボチャにぶつける。包丁《ほうちょう》を持つ手に力を入れ、勢《いきお》いよく半分に切った。

分かっている。

井上先生のことは、事情が事情だから、悔《く》やんでも仕方がない。

後任の中津《なかつ》先生だって、決して悪い教師ではなかった。臨時任用教員とはいっても五十歳近いベテランだし、ゴールデンウィーク明けから急遽《きゅうきょ》担任を引き継いだにしては、クラスを上《う》手《ま》くまとめてくれていると思う。だが、井上先生のように、晃太の宿題を学校にいる間に見てくれたり、晃太が学校を好きになるような工夫を凝《こ》らしたりといった配慮は特にないようだった。

『タイムリバース作戦、今回も大成功だぜっ！』

キッチンがカボチャの煮物《にもの》の匂《にお》いで覆《おお》われ始めた頃、アニメのエンディングテーマが流れ始めた。息子の気分が一日で一番高まっているこのタイミングを見計《みはか》らって、真弓は今日も懲《こ》りずに声をかける。

「アニメが終わったらテレビを消してね」

「うん」

「ご飯ができるまでもう少し時間があるから、その間に宿題をやってしまったらどう？」

「えー、やだ」

「晃太は計算が得意なんだから、算数ドリルはすぐに終わるでしょう」

「えー、やだ」

「漢字ドリルは、ご飯のあとで一緒に見てあげるから」

「えー、やだ」

「じゃあ、先にお風呂《ふろ》入る？　もう沸《わ》いてるのよ」

「えー、やだ」

案《あん》の定《じょう》、息子は聞く耳を持たなかった。帰宅、おやつ、外遊び、テレビ、ご飯、お風呂、歯《は》磨《みが》き、就寝。晃太が幼稚園の頃から続けている生活リズムは、決して覆《くつがえ》されることがない。

真弓は肩を落とし、フライパンの中の鮭《さけ》の切り身をひっくり返した。

「ねえママ、交換日記書いた？」

「ええ。テーブルの上に置いてあるわよ」

──宿題はやらないし、お風呂も入らないけど、交換日記は読むのか。

苛立《いらだ》ちを抑《おさ》えながら、味噌汁《みそしる》の具の煮え具合を確認する。背後で、パラパラと学習帳のページをめくる音がした。

「ママ、これ違うよ！」

「え？　何が？」

「なんでボールペンで書いたの？　鉛筆《えんぴつ》じゃなきゃダメだよ」

「あら、そうだったの」

「やり直し！」

ページをビリビリと破く音が聞こえてきた。驚いて駆《か》け寄り、「あとで書き直しておくから！」と学習帳を取り上げる。

これも、晃太の「こだわり」だ。付き合ってあげないと、へそを曲げ、うんともすんとも言わなくなる。近所に響《ひび》き渡るような大声で泣き出すことだってある。

深いため息をつきそうになりながら、学習帳をテーブルの端《はし》に置いた。

「ねえママ、怒ってない？」

「……え？」

「怒ってない？」

「……怒ってないわよ」

「ふうん」

晃太はくるりと身を翻《ひるがえ》して、テレビのほうへと戻っていった。床のカーペットに寝転《ねころ》がった息子を、真弓は呆気《あっけ》に取られて眺《なが》めた。

この子が人の顔色を窺《うかが》うなんて、珍《めずら》しい。

後ろで、カタカタと鍋《なべ》の蓋《ふた》が鳴った。慌《あわ》てて振り向き、コンロの火を消した。

*

きょうは、ひなんくんれんがありました。

でも、きょうしつから出たくないから、いすにつかまった。

先生はぼくの手をひっぱった。いたかったからなきました。

*

ひなんくんれんというのは、かじやじしんがおきたときに、いのちをまもるためのものなんだよ。

先生はそのことを、こうたにおしえてくれようとしたの。

みんながおそとに出たなら、こうたもがんばって、出てみたほうがよかったね。

なかつ先生に、ごめんなさいはいえたかな？

＊

鉛筆を置き、時計を見る。家を出る時間まで、あと十五分ほどあった。

交換日記を手に取り、パラパラと読み返してみる。

前回真弓が末尾に書いた質問は、すっかり無視されていた。果たして晃太は「交換」の意味を分かっているのだろうか、と不安になる。

本人としては、あくまで日記を書くことに徹《てっ》しているようだ。その日学校であったことを、不器用《ぶきよう》なりに、真弓に教えてくれている。

ただ、いかんせん内容が気になった。

「ミニトマトも避難訓練も……周りに迷惑《めいわく》をかけてばかりじゃない」

クラスの友達を泣かせたり、自分が泣いたり。日記に書かれていないトラブルだって、山ほどあるはずだ。毎日、中津先生はどれだけ手を焼いていることだろう。

今日の保護者会の後、丁寧《ていねい》に謝《あやま》っておかなくちゃ。

途端《とたん》にそわそわしてきて、椅子《いす》から腰《こし》を上げた。早く着きすぎてしまうかもしれないが、そのぶん授業参観ではいい位置に陣取《じんど》れるはずだ。あまり近くに立つと晃太が落ち着きを失《な》くすため、そのあたりの加減は難しいのだが。

外に出ると、強い日差しが目を刺《さ》した。つばの広い帽子を目深《まぶか》にかぶり、日向《ひなた》へと踏《ふ》み出す。

五月の陽気は、新たなシミの出現を恐《おそ》れる主婦にとって、必ずしも歓迎《かんげい》すべきものではない。

授業参観中、真弓は終始赤面しっぱなしだった。

まさか、晃太があれほどでしゃばるとは思っていなかったのだ。

教科が得意の算数だったのが、かえって悪い方向に働いたのかもしれない。先生が手を挙《あ》げていない子を当てようとすると、「いつもは僕を指してくれるのになんで！」と晃太は突然叫び出した。

中津先生は、せっかくの授業参観だからと、普段発言しない子にも活躍の場を作ってあげようとしたのだろう。その気配りが、晃太の度重《たびかさ》なる「いつもと違う！」発言のせいで、ぶち壊《こわ》しになってしまった。

子どもたちの帰りの会が終わり、保護者会が始まってからも、まだ心臓《しんぞう》がバクバクと波打っていた。二年二組の新担任となった中津先生が改めて自己紹介《じこしょうかい》をし、ここ数週間のクラスの様子を報告する間、真弓はほとんど上《うわ》の空《そら》だった。

「あっ、あの、先生！」

保護者会が解散になってすぐ、真弓は中津先生のところへと駆け寄《う》った。「須賀《すが》晃太の母ですが」と名乗ると、「ああ、晃太くんの」と先生が複雑そうな笑みを浮かべた。

「今日はすみませんでした。空気を読まずに、授業の邪魔《じゃま》をするようなことばかり言って……」

「いいえいいえ、大丈夫ですよ」

「晃太は、いつもあんな感じなんでしょうか」

「もう少し落ち着いてますよ、算数のときは。今日はたぶん、私がいつもと違う当て方をしたので、混乱させてしまったんでしょう」

算数のときは、という限定的な表現が引っかかる。真弓はますます萎縮《いしゅく》して、何度も頭を下げた。

「そういえば、ミニトマトの種まきのときも、クラスの女の子を泣かせてしまったみたいで。すみません、相手の子のお名前は分からないんですけど」

「ミニトマトの種まき……ああ、はいはい」

「避難訓練でも、先生に大変ご迷惑をおかけしたようで、申し訳ありません。教室を出たがらないときは、多少無理にでも引っ張っていただいて構いませんので」

「はあ、ええ……状況を見つつ、そうさせてもらいますね」

先生は眉《まゆ》を寄せ、困《こま》ったような顔をしていた。一生懸命《けんめい》謝罪したつもりだったが、返答は最後まで歯切れが悪かった。

井上先生から中津先生に担任が替わって二週間。すでに愛想《あいそ》を尽かされているのかと思うと、目の前が真っ暗になりそうになる。

和《なご》やかに雑談している他の保護者たちと言葉を交《か》わすこともなく、真弓はそそくさと教室を後にした。

校庭では、保護者会の終了を待つ子どもたちが大勢《おおぜい》遊んでいた。その片隅《かたすみ》にある上《のぼ》り棒《ぼう》のところに、晃太の姿を見つけた。

晃太は、全部で八本立っている上り棒を順番にタッチしていくという一人遊びをしているようだった。地面付近で晃太が駆け回り続けているため、遊具を正しく使おうとしている上級生の女子たちが迷惑そうに顔をしかめている。

「あら、ごめんなさいね」

慌てて駆け寄り、晃太を上り棒から引き離した。「おうちに帰りましょう」と手を引こうとすると、「嫌だ！　まだ遊びたい！」と勢いよく振《ふ》り払《はら》われる。

手の甲《こう》に痛みが走った。

その拍子《ひょうし》に、息子が幼稚園に通っていた頃のことを思い出す。

外遊びを続けたがる晃太を無理やり連れて帰ろうとすると、たびたび、彼は自傷《じしょう》行為に走った。公園の鉄棒や滑《すべ》り台《だい》に額を打ちつける息子を前に、真弓は途方に暮れたものだった。

小学生になった今は、さすがにそこまで抵抗することはなくなった。晃太自身が成長した部分もあるだろうし、真弓が彼なりのルールを尊重するようになったのも大きいだろう。

だが、子育てはまだまだ手探り状態だ。

「ママはもう帰るわよ」

「うん、バイバイ」

「いったん家にランドセルを置いてからにしないと、先生たちに怒られるんじゃない？」

「ママが持って帰ればいいじゃん」

「そんなこと言わずに、おうちでおやつを食べましょうよ。今日は何がいい？　ピリ辛スナック？　チョコビスケット？」

「えー、まだ要《い》らないよ」

「そうか、晃太はママと一緒に帰ってくれないのね。悲しいなあ。交換日記の続き、せっかく書いたのになあ」

ダメ元で吐《は》いた台詞に、晃太がぴくりと反応した。

「交換日記、どこ？」

「家よ。テーブルの上」

「続き、読みたい」

「なら帰りましょうよ」

「分かった！」

晃太は目にも留《と》まらぬ速さで走り出し、校庭の端に放置してあった青いランドセルを取ってきた。

真弓は目を瞬《またた》きながら、息子と手を繋《つな》ぎ、校門へと向かった。

「そうだ、『マチコの森』に寄って、マドレーヌを買って帰りましょうか」

「うん」

「それともフィナンシェがいい？」

「どっちでも！」

あの交換日記にはどういう意味があるのか。何がそれほど、晃太を駆り立てているのか。

いくら考えても答えは出ない。今は頭を空《から》っぽにして、晃太を無事学校から連れ出せたことを素直に喜んだほうがよさそうだった。

＊

きょうは、きゅうしょくでこいのぼりフライが出ました。いっしょにすわってた男の子が、「こいのぼりだ！　こいのぼりだ！」とうるさかった。だから「しゃべっちゃダメ！」ってちゅういしました。そしたら「きゅうしょく中はしゃべってもいいんだよ。」とゆわれた。でも先生は「しずかにしなさい。」ってゆう。どっちですか。

＊

おいしそうなきゅうしょく、ママもたべてみたいな。

先生がおっしゃっているのは、「しゃべってもいいですが、しずかにね」ということなんじゃない？

だから、つぎからは、「しずかにしゃべって」ってこえをかけてみたらどうかな？

＊

家に帰ってまもなく、「次はママの番！」と交換日記を手渡された。真弓が『マチコの森』のマドレーヌの包みを開《あ》け、晃太の大好きなアイスココアを作っている間に、続きを書き上げたようだった。

その異様な速さに、真弓は仰天《ぎょうてん》した。息子は文章の読み書きが苦手《にがて》という認識でいたのだが、そろそろ改めるべきなのかもしれない。

おやつを食べ終わると、晃太は日課の外遊びに出かけた。すっかり油断してノートを放置していたところ、夕方に公園から帰ってくるや否《いな》や、「えー、まだ書いてないの？」と不機嫌《ふきげん》そうな催促《さいそく》が始まった。おかげで真弓は、夕飯の支度《したく》をいったん中断し、急いで交換日記の返事を書く羽目になった。

「はーい、できたわよ」

鉛筆を置き、カーペットに寝転がっている息子を呼ぶ。晃太はすぐに駆けつけてきて、ぱっと学習帳を取り上げた。

真弓が書いた文字を一つ一つ指差しながら、真剣《しんけん》な顔で読んでいる。まるで作文の添削《てんさく》でもされているかのようで、妙に落ち着かない気分になった。

「ねえ晃太、こいのぼりフライってなあに？」

「こいのぼりの形の、お魚のフライだよ」

「それって、ゴールデンウィークの頃に出たメニューでしょう？　今日食べたのは、アジフライとか、他の白身魚《しろみざかな》だったんじゃない？　だって、子どもの日はもう二週間も前じゃないの」

「うーん」

晃太は学習帳に目を落としたまま、それ以上答えようとしなかった。集中しているときに周りの声が耳に入らなくなるのは、いつものことだ。

今月分の給食だよりを取っておけばよかった、とちらりと考えた。晃太は特にアレルギーもないし、給食と夕飯の献立《こんだて》がかぶったところで文句を言うような子でもないから、この間の紙ゴミの日に出してしまったのだ。

二年生の息子が書く日記は、ちょっとしたミステリーだ。

ミニトマトの種まき中に泣かせた子の名前も、今日の給食のメニューが本当は何だったのかも、何も分からない。

「ねえママ、ここ違うよ！」

「ん？ どこ？」

「カギカッコの最後は、丸をつけなきゃダメだよ。『いいですよ』と『しゃべってね』のところ」

「あら、そうなの」

そういえば、自分が小学生の頃も、そのように指導されていたような気がする。大人にとっては些《さ》細《さい》なことだが、これも晃太にとっては絶対に守らなければならないルールのうちの一つなのだろう。

真弓は鉛筆を持ち、カギカッコで括《くく》った文の末尾に句点を追加した。晃太は満足げに頷《うなず》き、学習帳を閉じて脇《わき》に抱え込んだ。

「ママ、怒ってない？」

「え？」

「怒ってないよね？」

昨日《きのう》も同じようなやりとりがあったことを思い出す。

あのときは学習帳のページを破ったことを気にしていたようだが、今は夕飯の支度を中断させたことを反省しているのだろうか。

真弓は首を傾げながら、「怒ってないわよ、全然」と返した。

「僕のこと、嫌いになった？」

「どうして？　そんなわけないでしょう」

「へえ、そうなんだ」

晃太はそのままダイニングテーブルを離れ、学習机のある隣の部屋へと駆け込んでいってしまった。

——さっそく、続きを書くつもりなのかしら。

文章を書くことに精を出すのはいいのだが、一日に何往復も付き合わされたらこちらが疲弊《ひへい》してしまう。

心配になって部屋を覗《のぞ》くと、真弓の予想に反して、晃太はうつ伏《ぶ》せに寝転がってお気に入りの昆虫《こんちゅう》図鑑を広げていた。学習帳は机の上に放り出されている。交換日記を書くのは一日に一回と決めているのかもしれない。

虫の写真を一つ一つ指差しながら、ぶつぶつとその名前を読み上げている息子の姿を、ぼんやりと眺めた。

幼稚園の頃から数えきれないほど読み返しているハードカバーの図鑑は、表紙もページもボロボロになっている。植物図鑑や国旗《こっき》図鑑、乗り物図鑑も同じだ。中身はすべて頭に入っているだろうに、晃太は読み返すのを一向にやめようとしない。

学習机の隣に置いてある、晃太の背丈《せたけ》ほどの高さの本棚《ほんだな》は、半分以上のスペースが空《あ》いていた。

本の数が足りていないからではない。世界文学全集や昔から続く人気のシリーズなど、真弓が子どもに読ませるべき良書だと思うものをいくら並べても、晃太がすべて床に投げ捨ててしまうのだ。

決して安くないお金を出して買い揃《そろ》えた数十冊の児童書は、床に積み上げられたまま、うっすらと埃《ほこり》をかぶっている。

「あ、タイムリバースの時間！」

晃太が勢いよく立ち上がったのを見て、我《われ》に返った。早く夕飯の支度を進めないと、融通《ゆうずう》の利《き》かない晃太のスケジュールがどんどん後ろ倒しになり、寝るのが遅くなってしまう。

計画変更。やっぱり、時間のかかる煮物はやめて、キャベツとベーコンの炒《いた》め物にしよう。

——ああ、せめてこれくらいの柔軟《じゅうなん》さが晃太にあったなら。

テレビへと突進する息子から逃げるようにして、真弓はキッチンへと戻った。

「いやー、今日もさ、大変だったんだよ。部長の娘《むすめ》さんが大学の博士《はくし》課程に進むらしくてさ、飲み会中ずっとその話で。化学とかチンプンカンプンだし、こっちはぜんっぜん興味ないのにさ。サラリーマンってのは面倒《めんどう》だよ、いろいろと」

夕飯を食べ終わった夫の孝信《たかのぶ》が、缶ビールを片手に大声で愚痴《ぐち》を言っている。寝室で晃太が寝ているからもう少し静かにしてほしいのだが、アルコールが入っているときに注意をしても、効果が数分しか続かないことは目に見えていた。

「研究者になりたいなんて、ご立派な娘さんじゃないの」

「そうかあ？　あんなの、給料もろくに出ないし、教授のポストがいつ空くかも分からないんだぞ。近い将来《しょうらい》、日本はノーベル賞も取れなくなるって言われてるし。大学で働き続けるなんて、正気の沙汰《さた》じゃないよ」

孝信はビールをぐびりと飲み、「あ、でもさ」と顔を輝《かがや》かせた。

「晃太は向いてるかもしれないな」

「……研究者に？」

「そうだよ。あいつ、計算もずば抜けてできるし、家にある図鑑も丸覚えしてるだろ。サラリーマンなんかより、絶対学者向きだって」

「そうかしら」

「ああ！　天才が花開くのは、学問の世界に決まってる。ってことは俺《おれ》らも、晃太を大学院まで通わせることを考えて、今から教育費を貯《た》めておかないといけないなあ」

がっはっは、と気持ちよさそうに笑う夫から、真弓はさりげなく目を逸《そ》らした。

孝信は普段、夜遅くまで家に帰ってこない。土日も、何も用事がない日は昼まで寝ているし、ゴルフに出かけることも多い。

だから、分からないのだろう。

妻の苦労も、息子の現状も。

真弓だって、晃太が天才かもしれない、と思った時期はあった。

小学三年生で習う地図記号を全部覚えてしまった四歳の頃。二桁《ふたけた》同士の足し算を暗算でやってのけた五歳の頃。

そのたびに孝信に報告し、夫婦で喜んだものだった。この子はいずれ誰《だれ》もが驚くようなすごい人間に成長するはずだと、未来への希望を語り合った。

その幻想《げんそう》に今もとらわれているのは、孝信だけだ。

「学校の宿題も満足にできないのに、研究者になんてなれる気がしないわ」

「いいんだよ、宿題なんて。どうせ漢字を五回ずつ書けとか、そういうくだらない内容だろ？」

「くだらないって……」

「あのトーマス・エジソンだって、学校には行かずに育ったんだ。晃太がやりたがらなければ、放っておけばいいんだよ」

「そんなんじゃ、先生に顔向けできないでしょう」

「真弓は神経質すぎるんだよ。ほら、確かゴールデンウィークにも、ものすごい剣幕《けんまく》で晃太を怒鳴《どな》りつけてたよな？」

「ああ、あれは……」

「返却《へんきゃく》されたテストの答案が、ぐちゃぐちゃに丸まってランドセルの底から出てきた、とか言ってさ。あんなの、別に怒るようなことじゃないだろ」

「もう……蒸《む》し返さないでよ。孝信さんに注意されたから、あれ以来、頭ごなしに怒らないよう気をつけてるのに」

「それでいいんだ。もう少しのびのび育てていこうぜ。晃太はちょっと特殊な子なんだから、他人と比べたって仕方ないさ」

真弓はそっと目を伏せた。

育てるのは私だけどね――という言葉を、喉《のど》の奥で押しつぶす。

「それ、もう飲み終わった？」

孝信が差し出してきたビールの缶を、キッチンの隅の空き缶入れに捨てた。

その耳障《みみざわ》りな音が、いつまでも頭の中で反響《はんきょう》していた。

＊

きょうは、こうえんのすべりだいのぎんいろのところをのぼったら、小さい女の子とぶつかった。

女の子がなきました。うるさかった。だからおこってかたをおしたら、もっとなきました。

へんなの。ぼくが先にすべりだいをつかっていたのにな。

＊

すべりだいは、かいだんのほうから上るのがルール。こうたがはんたいがわから上ったのなら、こうたがわるいの。ムカついたからといって、かたをおしてもいけません。

その女の子にあやまらないといけないね。きょうはママもこうえんにいこうとおもいます。

*

真弓がそのページを読んだのは、おやつのパウンドケーキを食べ終えた晃太が家を出ていってすぐのことだった。

感情の赴《おもむ》くままに返事を書いてから、急いで家を飛び出した。慌てるあまり日焼け止めを塗《ぬ》り忘れ、帽子も家に置いてきてしまったが、そのことを悔やんでいる場合ではない。

近所のつばめが丘北公園までは、徒歩五分ほどの距離だった。まだ三時を過ぎたばかりだからか、晃太のような小学生は少なく、幼稚園帰りの子どもたちがちらほら遊んでいる。

いつも遊んでいる友達がまだ来ていないのか、晃太はつまらなそうに鉄棒にぶら下がっていた。手を振ってみようかとも思ったが、こちらに気づく様子はない。

真弓は晃太から視線を逸らし、知り合いの姿を探した。すると、すぐそばで談笑していた保護者三人組の中に、よく知る女性を見つけた。近づいていき、声をかける。

「あの、こんにちは」

「あら須賀さん！　お久しぶり」

黒木《くろき》さんが柔和《にゅうわ》な笑みを浮かべた。上の子が晃太と同い年のため、彼女とは四年ほど前から顔見知りだ。

晃太が幼稚園生の頃は、この公園で子どもたちを遊ばせながら、毎日のようにお喋《しゃべ》りをしたものだった。下の子がまだ四歳の彼女は、真弓がめったに顔を出さなくなった今も、その習慣を続けているようだ。

「ちょっとお尋ねしたいんだけど、昨日、晃太が誰かと喧嘩してなかった？」

「え？　昨日？」

「滑り台を逆走して、女の子とぶつかっちゃったらしいのよ。泣かせてしまったみたいだから、もし今日親御《おやご》さんがいらっしゃるなら謝りたいと思って」

　交換日記には『きょう』とあった。ただ、晃太があの文章を書いたのはついさっきだから、おそらく昨日の話だと踏んでいた。

「さあ、記憶にないけど……晃太くんが言ってたの？」

「ええ。てっきり、また美奈《みな》ちゃんに意地悪したのかと思ったんだけど」

「ううん、違う違う。昨日は何事もなく、ブランコで遊んでたよ」

　美奈ちゃんというのは、黒木さんの下の娘だった。一か月ほど前に、晃太は似たようなトラブルを起こしていたのだ。

　あのときも確か、晃太が滑り台を逆から駆け上ったのが原因だった。ちょうどこれから滑り下りようとしていた美奈ちゃんの上半身を跨《また》ごうとして、額に膝《ひざ》をぶつけ、大泣きさせてしまったのだ。そのことを後日黒木さんから聞かされ、平謝《ひらあやま》りしたことを思い出す。

「あ、それってもしかして、おとといのことかも」

　黒木さんの隣に立っているショートヘアの女性が、ぽんと手を打った。

「うちの千夏《ちなつ》が、滑り台の一番上に座ったまま、なかなか下りようとしなかったんですよ。それを、『早く滑らなきゃダメ！』って晃太くんが叱《しか》ってくれたんです。そしたら、千夏が泣きだしちゃって」

「まあ、ごめんなさい！　あの子、人の気持ちが分からないから……」

「いいえ、悪いのはこっちなんですよ。晃太くんは正しいことを言ったのに、うちの娘が泣き虫なもんですから。気にしないでください」

温かい言葉に、ほっと胸を撫《な》で下ろす。だが、あとで晃太には注意しておかなければならないだろう。交換日記の文面を読む限り、性懲《しょうこ》りもなく滑り台を逆走し、泣き出した千夏ちゃんの肩を押したのは事実のようだから。

でも、今は邪魔しないでおこう――と、友達と合流してボール遊びを始めた晃太を見やる。感情表出が少なく、人とのコミュニケーションが苦手な晃太と、ああやって毎日遊んでくれる子がいるだけでもありがたかった。

黒木さんと二人の保護者に別れを告げ、真弓は公園を後にした。

『タイムリバース作戦、今回も大成功だぜっ！』

夕飯のカレーの匂いがリビングに充満《じゅうまん》する中、今日もアニメのエンディングテーマが流れ始めた。

「晃太、テレビを消してね」

「はーい」

「今日も宿題はやらないの？」

「やらなーい」

「晃太が宿題をやってきたら、中津先生、喜ぶと思うんだけどなあ」

「えー」

「そしたら、ママもすごく嬉《うれ》しいよ」

「えー、やだ」

押しても引いても、晃太の心は動かないようだ。

「ママが書いた交換日記、もう読んでくれた？」

「うん、読んだ」

「公園では、きちんとルールを守って遊ばなきゃダメよ。分かった？」

「うん」

「分かったならいいの」

「ママ、怒ってる？」

「……なあに？　晃太はママを怒らせようとしてるの？」

「違うよ。僕、怒られたくないもん」

晃太がテレビを消すのと同時に、二人分のカレーの盛りつけが完了する。

――この子はいったい、何を考えているのだろう。

いただきます、と声を揃えた直後、晃太がニンジンを皿の端によけ始めた。「ニンジンもちゃんと食べるのよ」と声をかける。

恨《うら》めしそうな目が二つ、こちらを向いた。

＊

ママにおこられるのがこわい。

ぼくがテストのかみをランドセルの一ばん下に入れていたら、見つかって、どなられた。おにみたいでした。パパが「まあまあ。おこりすぎだよ。」とゆっても、ママはまだおこってた。しゅくだいやりなさい、おふろに入りなさい、ニンジンたべなさい、ってなんでもおこるママが、ぼくはきらいです。

もっとやさしくしてくれればいいのに。

いのうえ先生がママだったらいいのにな。

＊

「はい、ママ」

「あら、交換日記？」

「うん。書いたから。早く読んでね」

それは、土曜の朝のことだった。真弓がキッチンで朝ご飯の皿を片付けていると、晃太が例の学習帳を差し出してきた。

「お皿洗いが終わったら読むから、テーブルに置いといてくれる？」

「はーい」

晃太の足音が遠ざかっていく。学習机のある隣の部屋に引っ込んだようだった。

皿洗いを終えた真弓は、エプロンを外《はず》し、学習帳を開いた。

そして、愕然《がくぜん》として肩を震《ふる》わせた。

「……何よ、これ」

前日の夜、飲み会後に終電で帰ってきた孝信に付き合わされ、遅くまで起きていたのも原因だったかもしれない。

朝から虫の居所《いどころ》が悪かった真弓は、交換日記に目を通した途端、わきあがってきた怒りを制御《せいぎょ》できなくなった。

「晃太！　こっちに来なさい！」

「もう続き書いたの？」

能天気《のうてんき》な声を上げて、隣の部屋から晃太が飛び出してくる。真弓は学習帳を指差し、駆けつけてきた息子に言葉をぶつけた。

「ねえ、これは何？」

「何って？」

「どうして今更《いまさら》こんなことを書くの？」

「こんなことって？」

「ママがテスト用紙のことで怒鳴ったのは、ゴールデンウィークのことでしょう？　もう三週間も前じゃない」

晃太は表情を変えずにこちらを見上げていた。反省した様子のないその顔に、ひどく苛立ちを覚える。

ここ数日の、息子の奇妙な言動が次々と頭に浮かんだ。

「晃太は——やっぱり、ママを怒らせようとしてるのね？」

「違うよ」

「そんなわけない。こんなことを書いて、どういうつもりなの？」

「……ママ、怒ってる？」

「当たり前よ。ママはね、あれからずっと、晃太を叱らないように努力してたのよ。それなのに、なんでこんなひどいことを！」

学習帳を持つ手に力がこもった。新しかった表紙が折れ、真弓の指の形にしわができる。

これほど責め立てても、息子の顔にはほとんど感情が浮かんでいなかった。

それはそうだ。こんな文章を読まされた母親の気持ちも、今なぜ叱られているのかも、晃太は何一つ分かっていないのだから。

そのことに気づき、余計に怒りが増す。

「ママは……さっき僕が書いたのを読んで、嫌な気持ちになったの？」

「そうよ」

「どこがいけなかった？」

「『いのうえ先生がママだったらいいのに』ってところよ！」

思わず大声で叫んでしまった。

晃太が怯《ひる》み、一歩後ずさる。

息子が井上先生に懐いていたということは知っていた。真弓自身、井上先生の教師としての実力を認めてもいた。だが、こんな形で母親失格の烙印《らくいん》を押されるのは、我慢《がまん》がならなかった。

どうして晃太は、学校からいなくなったあの先生と真弓を比較するのだろう。どうしてわざわざ三週間も前のことを蒸し返し、真弓の怒りを掻《か》き立てようとするのだろう。

「こんなことを書くなら、もう交換日記は終わりね」

「えっ」

「続きはやりません。このノートはママが預《あず》かります」

キッチン上部の収納棚《しゅうのうだな》を開け、最上段に学習帳を放り込んだ。ここなら、踏み台を使ったとしても、二年生の晃太には手が届かない。

わざと音を立てて扉《とびら》を閉めてから、腰に両手を当て、晃太を振り返った。

その瞬間《しゅんかん》――鳥肌《とりはだ》が立った。

さっきまで無表情だった晃太が、顔中をくしゃくしゃに歪《ゆが》めていた。今にも血が出そうなほど唇《くちびる》を強く噛《か》み、全身をぶるぶると震わせている。

「やっぱり、ここだったんだ！」

突然、晃太が喚《わめ》いた。

目から涙《なみだ》があふれ、駄々《だだ》っ子《こ》のように足を踏み鳴らす。

「僕のせいだった！」

「……晃太？」

「僕の！　僕の！」

うわあああ、と獣《けもの》のような声で叫びながら、晃太は隣の部屋へと駆けていった。物が散乱する音と、紙をビリビリと破くような音が聞こえてくる。

「ちょっと！　何してるの！」

後を追いかけていき、晃太が手にしているノートをひったくった。

その拍子に、晃太が破ったページがはらりと床に落ちた。その切れ端を拾い上げ、書いてある縦《たて》書《が》きの文字を見た瞬間、真弓は息を呑《の》んだ。


いのうえ先生がママだったらいいのにな。


「……どういうこと？」

呆然《ぼうぜん》として、泣き叫んでいる息子を眺める。

あの交換日記は、さっきキッチンの棚に入れたはずだ。だったら、このノートはいったい――。

「だって、ここで怒ったんでしょ！　ここがいけなかったんでしょ！」

晃太が地団太《じだんだ》を踏み、学習机に額を打ちつけ始める。

「タイムリバース！」

「……え？」

「タイムリバース！　破って、もう一回、違うこと書くの！　そしたら井上先生、戻ってくるんでしょ！　僕のこと許してくれるでしょ！」

手元のノートを見下ろす。ベージュ色の表紙の、見覚えのない日記帳だった。

震える手で、一ページ目を開いた。『こうかん日きをするときのおやくそく』と題された紙が、表紙の裏に貼《は》ってある。

そこに書かれていたやりとりを、一つ一つ、真弓は読んでいった。

＊

きょうは、ミニトマトのたねをまきました。

人さしゆびの一つ目のせんまでのあなを作ってねって先生がゆってたから、そうしたのに、となりの人は二つ目のせんにしちゃってた。

だからぼくは、ポットをとりあげて、やりなおしました。そしたら女の子がないた。

ミニトマトのたねまき、よくできましたね。

ななみさんのたねまきも、てつだってくれてありがとう。どうしてないたのかをきいたら、「わたしがまちがってたのがくやしかった。」といっていましたよ。

めが出て、まびきをして、みがなるまでそだてていくのが、とってもたのしみですね。五月になったら、きっとはっぱも大きくなりますよ。

こうたくんのトマトは、いくつみのるかな?


きょうは、ひなんくんれんがありました。

でも、きょうしつから出たくないから、いすにつかまった。

先生はぼくの手をひっぱった。いたかったからなきました。


ひなんくんれんのときないたのは、いたかったからだったんですね。

手をひっぱってしまったのは、先生がわるいです。ごめんなさい。

でも、ちょっとかんがえてみてください。これが本ものの火じだったら、どうなっていたでしょうか。

先生はやっぱり、こうたくんといっしょににげたいなとおもいます。


きょうは、きゅうしょくでこいのぼりフライが出ました。

いっしょにすわってた男の子が、「こいのぼりだ！　こいのぼりだ！」とうるさかった。だから「しゃべっちゃダメ！」ってちゅういしました。そしたら「きゅうしょく中はしゃべってもいいんだよ。」とゆわれた。でも先生は「しずかにしなさい。」ってゆう。どっちですか。

もうすぐゴールデンウィークですね。こいのぼりフライ、おいしかったですね。こうたくんのおうちのまわりには、こいのぼりがかざってあるところはありますか？げんきくんにちゅういしてくれてありがとう。きゅうしょく中は、おはなししてもだいじょうぶですが、なるべくしずかにはなすのがいいですね。

わるいことをわるいといえるのは、とてもりっぱですよ。

きょうは、こうえんのすべりだいのぎんいろのところをのぼったら、小さい女の子とぶつかった。女の子がなきました。うるさかった。だからおこってかたをおしたら、もっとなきました。へんなの。ぼくが先にすべりだいをつかっていたのにな。

まずは、こうえんですべりだいをつかうときのルールを、おさらいしてみましょう。かいだんを上って、一ばん上にたちます。そこでゆかにおしりをつけて、ぎんいろのところをすべります。すなばについたら、つぎの人にじゅんばんをゆずります。

女の子とこうたくん、どちらがルールをまもれていたかな？

つぎにあそぶときに、かんがえてみてくださいね。

ママにおこられるのがこわい。

ぼくがテストのかみをランドセルの一ばん下に入れていたら、見つかって、どなられた。おにみたいでした。パパが「まあまあ。おこりすぎだよ。」とゆっても、ママはまだおこってた。しゅくだいやりなさい、おふろに入りなさい、ニンジンたべなさい、ってなんでもおこるママが、ぼくはきらいです。

もっとやさしくしてくれればいいのに。

いのうえ先生がママだったらいいのにな。

ちょっとだけ、先生のはなしをしてもいいですか。

先生も、かぞくとはたまにけんかをしてしまいます。かぞくというのは、だんなさんのことです。先生もだんなさんをあいしていて、だんなさんも先生をあいしているはずなのに、やっぱりけんかをしてしまうことがあるのです。そういうときは、あいてのことを「きらい。」「こわい。」「やさしくしてくれればいいのに。」とおもったりもします。

でも、かぞくのことがすきだという気もちは、かわりません。

それは、かぞくがじぶんのことをだいじにおもってくれているからです。だいじにおもうから、ちゅういをするのです。

こうたくんが、ななみさんやげんきくんにちゅういしたように、おかあさんも、こうたくんのことをだいじにおもっているから、ちゅういをしたのではないでしょうか。

先生だって、こうたくんにちゅういをすることがありますよね。

つまり、こういうことなのです。

おかあさんはこうたくんがすき。こうたくんもおかあさんがすき。

先生はだんなさんがすき。だんなさんも先生がすき。

先生はこうたくんが

＊

井上先生の返事は、そこで途切れていた。

どうしてこんな中途半端なところで筆をおくことになったのかは、薄々《うすうす》想像がつく。続きを書く前に、この交換日記が書けない状況に陥《おちい》ってしまったのだろう。

その次のページをめくり、真弓ははっとした。

先生は、ぼくのことをきらいになったんですか。

「ああ……」

ようやくすべてが繋がった。

鉛筆書きの指定や、カギカッコの句点。文章の読み書きが不得意なはずなのに、異様に速かった交換日記の返事。

ミニトマトの種まきや避難訓練の話をしたときの、中津先生の困ったような反応。時期外れのこいのぼりフライ。一か月前に公園の滑り台で起きた美奈ちゃんとのトラブル。

ゴールデンウィークに真弓が激怒した出来事だって、わざと蒸し返したわけではなかったのだ。

途端に膝の力が抜ける。半ば崩れ落ちるようにして、真弓は泣いている息子を学習机から引き離し、その小さな頭をしっかりと胸に抱いた。

「タイムリバースするのぉ……」

しゃくりあげながら、晃太は弱々しい声で繰り返していた。真弓はその背中を優しく叩き、ゆっくりと言い聞かせた。

「大丈夫、大丈夫。交換日記のせいなんかじゃないのよ」

晃太の耳に口を寄せ、小さな身体《からだ》を揺《ゆ》する。

「井上先生は、ご事情があって学校に来られなくなってしまったの。晃太は何も悪くないのよ」

人との距離を測《はか》るのも、相手の気持ちを汲《く》むのも苦手な、コミュニケーションに難がある息子。

この交換日記は、おそらく中津先生の計らいで、最近になって晃太に返却されたのだろう。

しかし、半端《はんぱ》なところで途切れた文章を見て、晃太は極度の不安に襲《おそ》われた。

『先生はこうたくんが』――。

嫌いになったのではないか、と。

だから学校に来なくなったのではないか、と。

井上先生が突然学校からいなくなった理由を、幼い子どもたちは知らされていない。だからこそ、晃太は交換日記の返事を読んで混乱し、その原因が自分にあるのではないかと真剣に思い詰《つ》めてしまったのだろう。

だが、人の気持ちの動きに疎《うと》い晃太は、いくら考えても分からなかった。

自分の日記のどこがいけなかったのか。何が先生を怒らせてしまったのか、が。

そこで、真弓を試《ため》すことにした。

再現実験をすることにしたのだ。

先生の気分を害するきっかけとなった一文を見つけるために。

そこから先のページを破り捨て、もう一度、交換日記をやり直すために。

そうすれば、大好きな井上先生が学校に戻ってきてくれると、本気で信じていたから。

「タイム、リバース、するぅ……」

「分かった。分かったから。大丈夫よ。晃太は何も悪くないのよ」

腕《うで》の中で泣きじゃくる息子を、いっそう強く抱きしめた。

これまで真弓は、ちっとも晃太を理解しようとしていなかった。人とは違う思考回路を持つ息子が、どれだけ大きな責任を抱《かか》え込み、一人で苦しんでいたのかを、察しようともしなかった。

母親でさえ想像もできないような苦悩を、この子は抱えている。

もっと早く気づけばよかったのだ。持ち帰らない宿題も、ボロボロになった図鑑も、繰り返し見続けるアニメもすべて、彼なりのSOSだったかもしれないのに——。

リビングのドアが開く音がした。パジャマ姿の孝信が、寝ぐせだらけの頭を掻きながら、迷惑そうにこちらの部屋を覗き込む。

「何だよ、朝っぱらから怒鳴り散らして。疲れてたのに、起きちゃったじゃないか」

「ごめんなさい」

もう少しのびのび育てていこうぜ、という夫の言葉が耳に蘇《よみがえ》る。

その途端、肩の力が抜けた。右手に持ったままだったベージュ色の日記帳を見やり、ふっと頬《ほお》を緩める。

「研究者……やっぱり、向いてるかもしれないわね」

「は？　何か言ったか？」

ダイニングに向かおうとしていた孝信が、こちらを振り返る。真弓はにっこりと微笑《ほほえ》み、首を小さく左右に振った。

「ううん、別に」

＊

つまり、こういうことなのです。

おかあさんはこうたくんがすき。こうたくんもおかあさんがすき。

先生はだんなさんがすき。だんなさんも先生がすき。

先生はこうたくんがすき。こうたくんも先生がすき。

こうたくんが生きているせかいは、たくさんの「あい」でできているのですよ。

＊

ある平日の、夕飯前。

アニメを見終わった晃太が、顔中をほころばせて、封筒から取り出したコピー用紙を眺めている。

「ねえママ、このお手紙、井上先生が書いてくれたんだよね？」

「ええ、そうよ」

たった二行だけ足したその文の筆跡《ひっせき》を、見破られないかと心配になる。だが、そんな母の愛情に気づくほど、二年生の息子はまだ賢《かしこ》くないようだ。

「先生、元気にしてるといいなあ」

「そうねえ」
母と息子の間で交わした奇妙な交換日記は、晃太のお気に入りの図鑑やベージュ色の日記帳と一緒に、隣室の本棚に仲良く並べられている。

「交かん日記をするときのお約束」
◎交かん日記をやめたくなったら、きちんと相手に言いましょう。

第五話　加害者と被害者

病室前のネームプレートを確認して、一〇一二号室に入る。

薄《うす》ピンク色のカーテンで仕切られた一番奥のベッドに歩み寄り、礼二《れいじ》は遠慮《えんりょ》がちに声をかけた。

「先生、こんにちは」

「どうぞ」

柔《やわ》らかな口調で、返答があった。母性的というのか、俯瞰的《ふかんてき》というのか、常人の持つ包容《ほうよう》力《りょく》を三倍の濃度《のうど》にしたような、奥行《おくゆ》きのある声だ。

彼女の職業が小学校教師だと知ったとき、すべての謎《なぞ》が解《と》けた気がした。もともとの素質《そしつ》が彼女を天職へと導《みちび》いたのか、長年子どもと触れ合ううちにこうしたオーラが備《そな》わったのかは分からない。ただ、少なくとも、「先生」という呼び名がこれほど似合う女性は他《ほか》にいないだろう——と、そのとき礼二は直感した。

先生は、上半身を起こしていた。長い黒髪《くろかみ》が、入院着の上にふわりと広がっている。入院着の首元に、綺麗《きれい》な形をした鎖骨《さこつ》が覗《のぞ》いていた。

「これ、つまらないものですけど、羊羹《ようかん》です。会社の近くの和菓子《わがし》屋で買ったんですけど、美《お》味《い》しいと評判で」

「え、また持ってきてくれたの？　次からは手ぶらでいいと言ったのに。毎日のように来てくれるだけでも、お気持ちは十分受け取っているつもりなのよ」

「先生は、羊羹、お嫌《きら》いじゃないですか」

「好き。実を言うと、大好物」

「うわあ、よかった」

礼二はほっと胸を撫《な》で下ろした。紙袋を受け取った先生が、恥《は》ずかしそうに笑う。

「まったくもう。伊吹《いぶき》さんったら、私のこと、すっかり『先生』って呼ぶようになっちゃって」

「だって、まあ……先生は先生以外の何者でもありませんから」

「伊吹さんは私の教え子じゃないでしょう。子どもというわけでもないし」

「社会人としてはひよっこ中のひよっこですよ」

「それを言ったら私もよ」

「冗談《じょうだん》はやめてくださいよ、先生」

ほらまた言った、と彼女は胸の前で腕《うで》を組み、責めるような目でこちらを見た。先生は礼二よりずっと年上なのに、時たま妙に愛嬌《あいきょう》のある仕草をする。

こうやって話していると、自分の立場を忘れそうになることがある。礼二は気を引き締《し》め、姿勢《しせい》を正して深々と頭を下げた。

「本当に申し訳ありませんでした。僕のせいで、こんなに長いこと入院させることになってしまって」

「そう硬《かた》くならずに、座ってくださいな。伊吹さんの気持ちは十分伝わってるって、さっきも言ったでしょう」

「でも……毎日ここに来て、いくら謝《あやま》っても、まだまだ足りない気がするんです。先生は仕事をお休みしなくちゃいけなくなったのに、僕の生活はちっとも変わっていなくて……」

「私、交通事故に遭《あ》ったのは不運だったけど、その相手が伊吹さんだったのはとても幸運だったと、心から思うわ」

先生は羊羹の紙袋をちらりと覗き、「美味しそう」と頬《ほお》を緩《ゆる》めた。

「これ、小分けになってるのね」

「そうです！　いくつか味の種類《しゅるい》があるみたいで」

「よかったら一緒に食べましょう。どれがいい？」

「あっ……じゃ、僕は抹茶《まっちゃ》を」

「私は小倉《おぐら》にしようかな」

先生が羊羹の箱を開けるのを眺《なが》めながら、礼二はそわそわと面会客用の丸《まる》椅《い》子《す》に座った。

自分は、罪を償《つぐな》うために、この病室に日参している。

それなのに、先生の懐《ふところ》が広すぎるせいで、まるで親戚《しんせき》のお見舞いにでも来たかのように、毎回穏《おだ》やかな時間を過ごしてしまう。

もちろん、この優しさが百パーセント本物だとは思っていない。職業柄《がら》、本心を隠《かく》すのが上《う》手《ま》いだけで、実際は礼二のことを疎《うと》ましがっているはずだ。

何せ、彼女はあの交通事故の被害者で、こちらは加害者なのだから。

自宅から徒歩十分ほどの場所にある、見通しの悪い交差点。

礼二の乗っていた車が、横断歩道を渡っていた彼女の身体《からだ》を宙《ちゅう》に跳《は》ね飛ばしたのは、今から一か月ほど前のことだった。

「伊吹さん。……伊吹さん」

「あっ、はい！」

「抹茶味、どうぞ」

「ありがとうございます」

細長い緑色のパッケージを受け取ろうとしたとき、入院着の袖《そで》に隠れていた素肌《すはだ》がちらりと見えた。アスファルトの地面に叩《たた》きつけられたときに擦《す》り剝《む》けた、赤黒い傷跡《きずあと》がまだ残っている。礼二は思わず目を背《そむ》けた。

先生の入院が長引いているのは、主には右脚《みぎあし》の複雑骨折のせいだった。布団《ふとん》から突き出ている、重量感のあるギプスが痛々しい。そのほか、肋骨《ろっこつ》も何本か折れていて、首のむち打ちもあったという。

――両手の骨が無事だっただけ、よかったのよ。こうやって、持ってきてもらったお菓子《かし》を食べられるから。

礼二と最初にここで対面したとき、先生はそう言っていた。だが、そんな軽い言葉で済ませられるような事故ではなかったということは、彼女の全身を覆《おお》っていた包帯やギプスの総面積からして、一目瞭然《いちもくりょうぜん》だった。

「ねえ、伊吹さん」

「はい」

「毎日ここに来るの、大変でしょう」

「いえいえ。営業の合間に、ちょっと抜けてきてるだけですから」

「伊吹さんが責任感の強い人だということはよく分かったわ。それでね、一つ提案があるの」

「提案？」

　きょとんとして訊《き》き返す。先生は、ベッドの脇《わき》にある棚《たな》から、水色の表紙のノートを取り上げた。

「私と、交換《こうかん》日記をしてくれない？」

「交換日記……ですか？」

「伊吹さんは男性だし、あまり馴染《なじ》みがないかもね。でも、私はこれが好きなの。直接話すのは難しいようなことも、文章でなら伝えられるし、受け取れるから」

「はあ……」

「これは、先生から生徒への宿題」

「え？」

「伊吹さんは私のことを、先生って呼ぶでしょう。それなら、私も伊吹さんを生徒として扱わせてもらいますからね、ってこと」

「ああ、なるほど！」

　礼二は水色のノートを受け取り、パラパラとめくった。一ページ目に、丁寧《ていねい》な字で文章が綴《つづ》られているのが目に入った。

「先生からの宿題となると、やらないわけにはいきませんねえ」

「でしょう？　その代わり、これからは、無理に毎日来なくても大丈夫。交換日記を書き終わったタイミングで、足を運んでくれたら嬉《うれ》しいな」

先生の真意《しんい》に、ふと思い当たる。

これは――謝罪文《しゃざいぶん》を書け、ということではないだろうか。

毎日お見舞いに来るという泥臭《どろくさ》い方法ではなく、文字に残る形ではっきりと示せ。その機会を、不甲斐《ふがい》ない自分に、わざわざ与えてくれたのではないだろうか。

「では、次はこのノートを持参しますね」

「ええ、楽しみにしてる」

先生がにっこりと微笑《ほほえ》んだ。その笑顔につい救われそうになる自分を、礼二は心の中できつく戒《いまし》めた。

*

伊吹さん。私のわがままに付き合ってくれて、どうもありがとう。

「交換日記って、小学生の女子がやるものじゃないのか？　大人同士でやってどうするんだ？」と、さぞかし疑問《ぎもん》に思われたでしょうね。

本当に、そのとおりなのです。大人は普通《ふつう》、交換日記なんてやりません。小学校という閉鎖《へいさ》的な空間で、子どもとばかり接して過ごしてきた私のような教員でも、さすがにそんなことは分かっています。

　でも、病室で長い時間を過ごすうちに、ちょっとだけ懐《なつ》かしくなってしまったのです。以前、受け持ちの児童に、白血病《はっけつびょう》を患《わずら》って入院している子がいました。本当は友達同士でさせてあげられればよかったのですが、その子は学校に通ったことがなく、友達がいなかったので、私が代わりに交換日記の相手を務《つと》めていたのです。

　自分が入院しているうちに、そのときのことを思い出し、どうしても誰《だれ》かと交換日記をやりたくなってしまいました。暇《ひま》だから、というのもあるのでしょうね。かといって、主人に頼むのはなんだか気《き》恥《は》ずかしい。

　そこで、毎日お見舞いに来てくださる伊吹さんに、白羽《しらは》の矢を立てたわけです。

　そんな勝手な理由で引き込んでしまったわけですが、よく考えると、私たちが思いを伝え合う手段として、交換日記という方法はなかなか悪くない気がします。

　理由は二つあります。

　一つは、私が肋骨を怪我《けが》しているということ。呼吸をすると痛むので、長時間の会話はこたえるのです。伊吹さんはそれを分かっていて、いつもお見舞いを早めに切り上げてくださいますね。それを毎回、申し訳なく感じています。

　もう一つは、直接顔を合わせていると、当たり障《さわ》りのない会話が多くなってしまうこと。お菓子の差し入れや、容体《ようだい》を気遣《きづか》うお言葉はとても嬉しいのですが、伊吹さんが本当は何を考えているのか、まだいまいち理解しきれていないような気もします。伊吹さんのことを、この交換日記を通じて知っていきたいです。

交通事故の当事者同士で交換日記をするなんて、きっと前代未聞《ぜんだいみもん》ですね。

わけの分からないお願いを温《あたた》かく聞き入れてくださったこと、とてもありがたく思っています。

*

こちらこそ、このような機会を与えてくださったこと、心より感謝申し上げます。

交換日記というのは初めてで、若干緊張《じゃっかんきんちょう》しております。恥ずかしながら、先生と違って、僕はとても字が下手《へた》です。お目汚《めよご》し失礼いたします。

先生からのリクエストに応《こた》えて、ここでは改めて、あの事故に対する僕の思いを書き綴りたく存じます。

もうそろそろ、あれから半月になるでしょうか。警察から釈放《しゃくほう》されてすぐ、僕は先生のお見舞いに行きました。逮捕《たいほ》され、留置所に勾留《こうりゅう》されている間も、ずっと罪の意識に苛《さいな》まれていたからです。

今思えば、迷惑《めいわく》でしたよね。親族でもないのに、毎日毎日、いろいろなお菓子を持って病室を訪れるなんて、まるでストーカーのようです。そんな手段でしか謝罪の気持ちを表すことができなかった僕を、どうかお許しください。

少し長くなるかもしれませんが、心を込めて、謝罪文を書かせていただきます。

警察からの情報や、新聞の報道ですでにご存知かと思い、なかなか直接申し上げることができなかったのですが……事故当時、僕は酒に酔《よ》っていました。

学生時代の友人の家に集まり、久しぶりの再会を祝して、深夜までどんちゃん騒ぎ。そのまま雑魚寝《ざこね》をして、目が覚めたところで順次解散。自分がいったい何時まで酒を飲んでいたのか、朝まで何時間寝たのかということを一切《いっさい》考えないまま、車に乗って帰宅の途《と》につきました。

自分を過信していたのです。アルコールが多少残っていたとしても、家に帰るまでの短い間に、事故など起こすわけがないと思い込んでいました。本当にバカだったとしか言いようがありません。

その結果が、あの交通事故です。

土曜の朝で、車も人もほとんどいなかったこともあり、僕は前方によく注意を払わずに車を運転していました。助手席に乗っていた友人との会話に気を取られていて、信号が赤に変わっていたことに気づかず、あの小さな交差点に突っ込んでしまいました。

僕のような、学生に毛が生えた程度の精神構造をした若造の会社員が、勤勉《きんべん》で仕事熱心で面《めん》倒見《どうみ》のいい小学校の先生を車ではねるだなんて……しかも酒気《しゅき》帯《お》び運転だったなんて、誰がどう見てもひどい事故です。加害者側が全面的に悪いです。

これに関しては、弁解の余地がありません。

今は、判決を待つ身です。できることなら、実刑判決が下ればいいと思っています。執行猶《しっこうゆう》予《よ》付きなどという生温《なまぬる》い罰《ばつ》では、先生に合わせる顔がありません。

ちなみに、こんなことを宣言しても何にもならないかもしれませんが……あの日以来、お酒は一切飲んでいません。車の運転など、もってのほかです。

もう二度と、あのような事故を起こしたくありません。先生のように苦しむ人が出ないよう、残りの人生をかけて償っていこうと心に決めております。

僕にできるのは、謝ることだけです。

本当に申し訳ございませんでした。

先生が現在困《こま》っていることで、僕にできることがあれば、何でもお申し付けください。必需《ひつじゅ》品《ひん》の買い物でも、荷物運びでもかまいません。

全身全霊《ぜんれい》で、お手伝いさせていただきます。

*

土曜の朝、礼二は必ず事故現場に立つ。

住宅街の中を突き抜ける、曲がりくねった対面通行の道路。それと交差する、近所のつばめが丘《おか》小学校へと続く細い道。

スクールゾーンでもなければ、普通、こんなところに信号は設置しないだろう。

それくらい、この信号は唐突《とうとつ》に出現する。運転者からすると、限りなく意外なタイミングで。

だからこそ、見落としがちになる。おまけに、交差点の四隅《よすみ》は敷地いっぱいまで、生《お》い茂《しげ》った庭木や背の高い塀《へい》に隠されている。

これほど見通しの悪い交差点は、なかなかない――というのは、確かな事実だ。だが、加害者がそれを主張しては、ただの言い訳にしか聞こえない。

突然飛び出してきたように見えた、小さな影《かげ》。タイヤがきしむ音と、全身を襲《おそ》う衝撃《しょうげき》。エアバッグの破裂音《はれつおん》。まるで人形のように、呆気《あっけ》なく宙に飛んだ女性。その瞬間《しゅんかん》に見えた、長い黒髪。

思い出すだけで、冷《ひ》や汗《あせ》が出てくる。気温は高いはずなのに、気がつくと歯をカチカチと鳴らして震《ふる》えている自分がいる。

自分の乗る車が人をはねたときの感覚は、礼二の身体にしっかりと刻《きざ》まれていた。

おそらく一生、消えることはないだろう。

――伊吹さんが本当は何を考えているのか、まだいまいち理解しきれていないような気もします。

交換日記に書かれていた一文を思い出す。あれを読んで、やはりそうだったのだ、と確信した。

礼二の気持ちは、二千円程度のお菓子と「申し訳ありません」の定型句《ていけいく》だけでは、ちっとも届いていなかった。先生は、文章の形での、正式な謝罪を要求している。

だから礼二は、足りない頭をフル回転させて、渾身《こんしん》の謝罪文をノートに綴った。

その返事を、今日《きょう》、もらえるだろうか。

「さて、行こうか」

自分を奮《ふる》い立たせ、礼二は曲がりくねった道路の路肩《ろかた》を歩き始めた。

損害賠償金《そんがいばいしょうきん》を払って終わり、と割り切れるような問題ではない。自分の気が済むまで、礼二は先生に償いの意を示し続けるつもりだった。


こんにちは、とカーテンの隙間《すきま》から顔を出す。先生が柔和《にゅうわ》な微笑みを浮《う》かべ、礼二の持つ紙袋へと、期待に満ちた視線を投げかける。

「今日はクッキーです。近所のケーキ屋さんで買ってきたんですけど」

「あら、『マチコの森』！」

「あ、知ってます？」

「三か月くらい前にオープンしたばかりなのよね。確か、マドレーヌが絶品だとか」

「おっと、じゃあ選択ミスでしたね」

「いいの。個人的には、マドレーヌと同じくらい、クッキーも大好き。それに、あそこのお菓子はどれも美味しいのよ」

「そうなんですか？」

「私ね、三月が誕生日だったの。それで家族が『マチコの森』のショートケーキを買ってきてくれたんだけど、一口食べただけで、もうほっぺたが落ちるかと思ったわ」

「よし。ハズレがないなら安心ですね。さっそく食べます？」

礼二が紙袋から円形の缶を取り出すと、先生は手を伸ばし、棚からウェットティッシュのボトルを取り上げた。

「どうぞ。きっと伊吹さんがまたお菓子を持ってきてくれるだろうと思って、主人に頼んで買ってきてもらったの。使ってくださいな」

「あっ……僕は大丈夫です。さっきトイレに寄って、手を洗ったばかりなので」

「あら、用意がいい」

「別に、クッキーを食べるためってわけじゃないですよ？」

礼二は思わず赤面した。先生は「分かってる」と可笑《おか》しそうに口元を緩め、いそいそと缶の蓋《ふた》を開《あ》け始めた。

「手ぶらでいいって言っておきながらあれだけど……伊吹さんとお茶菓子を食べるこの時間が、だんだんと、入院中の楽しみになってきちゃって」

「本当ですか？　前みたいに、毎日来てもいいんですよ」

「それは悪いわ。お菓子代もバカにならないでしょう」

「先生のためならいくらだって買ってきますって！　気になるお菓子があったら何でも言ってください。どこへでも馳《は》せ参《さん》じますから」

「伊吹さんって、本当に面白《おもしろ》いわね。会社でも、先輩《せんぱい》に好かれるんじゃない？」

「どうでしょうね。仕事中の態度が不真面目《ふまじめ》だって、しょっちゅう怒《おこ》られてますけど。ま、なんだかんだ、可愛《かわい》がってもらってます」

「飲み会でおごってもらうとか？」

「うーん。どちらかというと、自販機でコーヒーとかのほうが多いかな。あとは、コンビニでチョコを買ってもらうことも」

「何それ、可愛い」

先生は口元に手を当て、ふふ、と笑った。

「実はね、最近、危機感を覚えてるの。無口な主人より、伊吹さんの来訪を心待ちにしている瞬間があるから」

「それはまずいっす！」

「冗談よ」

また先生に手玉に取られてしまった。これが、人生経験の差、というやつだろうか。

いったん病室を出て、デイルームへと向かった。紙コップを二つ取り、給茶機で玄米茶《げんまいちゃ》を注ぐ。戻ったときには、すっかりお茶会の準備が整っていた。

「この詰《つ》め合わせ、とてもお洒落《しゃれ》ね。くるみとラムフルーツのクッキーなんて、初めてかも。伊吹さんもいかが？」

「美味しそうですね。でも僕はこっちにしようかな。マカダミアナッツとチョコのクッキー」

「それも絶対外《はず》さないわね。定番だし」

「僕、無類《むるい》のチョコ好きなんで」

それぞれ気になる味を選び、口に運ぶ。控《ひか》えめな甘さとしっとりとした食感は、どこぞの高級クッキーを思わせた。

なかなかやるじゃないか、街《まち》のケーキ屋さん。そんなに評判だというなら、今度はぜひマドレーヌも買ってこよう。

「そういえばね、伊吹さんが書いてくれた交換日記、読んだわよ」

「あっ……どうでしたか？」

「想像以上に文章が硬くて、笑っちゃった。こうやって話してるときのイメージと全然違うんだもの。『申し上げます』とか『存じます』とか、なんだか言い回しがビジネスメールみたいで」

「そうですか。まあ、それは職業病ですね。僕、バカ丁寧にメールを書くことしか能がない、へっぽこ営業マンなんで」

「まだ二十代の若者なのに、あれじゃ、おじさんが書いたみたいよ」

「おお……先生もなかなかひどいことを言いますね。さすがに傷つきますよ？」

傍《はた》から見れば、交通事故の被害者と加害者のやりとりにはとても思えないだろう。こんな軽《かる》口《くち》が叩けるのも、先生の類《たぐ》い稀《まれ》なる包容力のおかげだ。

直接顔を合わせていると、ついこうやってふざけてしまう。真剣《しんけん》に謝ろうとしても、すぐに先生に取りなされてしまい、せいぜい「申し訳ありません」の一言しか口にできない。自分のおちゃらけた性格は、営業活動にはしばしば役立つが、誠意を示すのには不向きのようだった。そういう意味で、交換日記を通じて思いを伝えるというのは、礼二にとって最適な手段なのかもしれない。

きっと先生は、そこまでお見通しなのだ。

「はい、これ。忘れないうちに渡しておくわね」

気がつくと、先生が例の水色のノートを差し出していた。礼二は胸をドキドキさせながら、それを受け取った。

*

伊吹さんからのお返事を読んで、反省しました。

私が急に「交換日記をやろう」などとおかしなことを言い出したので、あれこれ勘繰《かんぐ》らせてしまったようですね。

何も、こんなに立派な謝罪文を書いてもらおうと思ったわけではなかったのです。伊吹さんの人となりや普段の生活についてもっと知りたい、という程度の、ごく軽い気持ちでした。

事故の経緯《けいい》は、すでに承知しています。酒気帯び運転だったことも、信号の見落としがあったことも、警察から聞きました。加害者側が全面的に悪い、という点については、確かに私もそう思います。

ただ、ここで細かく言及するのはやめませんか？　刑事裁判《さいばん》や、示談交渉《じだんこうしょう》については、弁護士さんが動いてくださっているわけですから、その道のプロに任せましょう。

もう謝るのは終わりにしてください。何度も申し上げたとおり、伊吹さんのお気持ちは、もう十分伝わっていますよ。

こちらからお願いするのも変な話ですが、この交換日記を書くときは、どうか肩の力を抜いていただきたいのです。

そういえば、一つ、気になっていることがあります。

事故当日は、ご友人と二人で車に乗っていたのですよね。私がはねられた後、道を逸《そ》れた車が電信柱に突っ込み、助手席に乗っていた方が怪我をしたと聞きました。そのご友人は、元気に過ごされていますか？　事故のことで、関係が気まずくなったりしていませんか？

ご友人たちとの、久しぶりの集まりだったのですよね。帰り道に起きたあの事故のせいで、後味《あとあじ》の悪い思い出になってしまってはいないかと、心配しています。

伊吹さんはとてもひょうきんで性格がいい方なので、仲間内でも、さぞ人気者なのでしょう。学生時代の友人は、一生ものです。どうか、大切にされてくださいね。

それと、全然違う話ではありますが……。

伊吹さんって、つくづく素敵《すてき》なお名前ですよね。初めてお名刺《めいし》をいただいたとき、ぱっと目に留《と》まりました。羨《うらや》ましがられることも多いのではないですか？

私は苗字《みょうじ》も下の名前も平凡《へいぼん》なので、とても憧《あこが》れます。

とりとめもなく書いてしまいました。お返事、楽しみにしています。

*

肩の力を抜いて、ですか。難しいですが、頑張《がんば》ってみようと思います。

僕の友人のことまで気を使わせてしまい、すみません。先生が大怪我をしたのも、長期入院を余儀《よぎ》なくされたせいでクラスの担任を続けられなくなったのも、全部こちらのせいだというのに……。先生は本当にお優しいですね。

助手席に乗っていた友人は、軽傷でした。膝の打撲と、細かい擦り傷程度で済んだようです。もう完治したので、ご心配には及びません。

実は……彼のことも、何度か誘《さそ》ったのです。先生のお見舞いに行き、一緒に謝罪しようと。

もちろん、一番悪いのは運転していた僕です。

ただ、助手席に座っていた彼にも責任の一端《いったん》はあります。僕が深夜過ぎまでアルコールを摂《せっ》取《しゅ》していたことを、同じ飲み会に参加していた彼は、当然知っていたわけなので。弁護士さんに聞いたところ、同乗者だった彼が刑事罰を受けることはありませんが、損害賠償金の一部は負担《ふたん》してもらうことになりそうです。

だから本当は、二人でお見舞いに伺《うかが》うべきですよね。でも、「俺にそんな義務はない」と拒《きょ》否《ひ》されてしまいました。

学生時代の友人は一生ものというお言葉、大変ありがたいのですが……そんな薄情《はくじょう》な彼とは、もう元の関係には戻れそうにありません。

彼の分まで、僕が償います。どうか、それでお許しいただけたら幸いです。

ああ、ダメですね。また謝罪文になってしまいました。これではちっとも、肩の力を抜けていませんね……。

　ところで、僕の名前を褒《ほ》めてくださり、ありがとうございます。確かに、「珍《めずら》しいね」とか、「かっこいいね」とか、よく言われます。

　でも、先生だって、苗字はともかく、下の名前はとても素敵だと思いますよ。「小百合《さゆり》」って、すごくお洒落です。女性らしい上、風格が漂《ただよ》っているというか。だから、平凡だなんて言わないでください。

　交換日記って、こんな感じでいいんでしょうか。正直、まったく自信がありません。

＊

　今日だけで何度も聞いた呼び出し音が、耳の奥をじわじわと蝕《むしば》む。

　この音が鳴っているということは、着信拒否をされたわけではないのだろう。だが、いつまで経《た》っても、留守番《るすばん》電話サービスにさえ繋《つな》がらない。横沢《よこさわ》は、礼二からの電話に出る気がないのだ。

　くそっ。勤め先がホワイト企業だから、毎日七時には絶対に帰宅してるって、さんざん自慢してたくせに。

　心の中で舌打ちをしながら、通話終了ボタンを押した。

給湯《きゅうとう》室を出て、自席へと戻る。横沢と違って、人手の足りない中小企業に勤めている礼二は、今日も深夜残業がほぼ確定していた。

買ったばかりのスマートフォンも、本当に連絡《れんらく》を取りたい相手と繋がれないのなら、無用の長物《ちょうぶつ》だ。トーク画面に表示されている『既読《きどく》』の文字が、どうにも憎らしい。

『やっぱりさ、一度くらい、横沢もお見舞いに行こうよ』

『俺にそんな義務はない』

『相手は優しい人だから、大丈夫だって』

『別に、金さえ払えばいいんだろ？　何のために弁護士を立てたんだよ』

『でも、人として、謝罪はしておいたほうが……』

『いいからほっといてくれ』

『おい、その態度はないと思うぞ』

『おーい、横沢』

『見てるなら返事くらいしろって』

『くそ、無視かよ』

メッセージのやりとりを見返すと、吐《は》き気《け》しか覚えない。横沢がこれほど責任感のない人間だとは知らなかった。軽音楽サークルの活動に明け暮れ、好きなバンドやギターメーカーについて語り合っていた学生時代には、あいつの本性《ほんしょう》に気づく機会がなかったのだ。

つくづく嫌《いや》になる。こんな奴《やつ》が名の知られた大企業に就職し、自分は社会の片隅《かたすみ》でもがいているなんて、この世界はなんて理不尽《りふじん》なのだろう。

殺伐《さつばつ》とした気持ちのまま、スマートフォンを鞄《かばん》に放り込んだ。ファスナーの隙間から、水色の表紙がちらりと顔を覗かせる。

先生への返事は、すでに書き終えていた。つい横沢への不満を語ってしまい、読み返して後《こう》悔《かい》したが、さすがに修正テープで消すには範囲が広すぎる。明日《あした》、このまま渡してしまおうと思っていた。

それにしても、先生の意図はどこにあるのだろう。

正式な謝罪文を書かせたいわけではなかった、というのは予想外だった。それならどうして、自分なんかと交換日記をするのか。いくら入院生活が暇とはいえ、毎回これだけの分量を書くのは負担ではないのか。

疑問はたくさんあった。だが、先生が交換日記を続けたいというのなら、礼二はとことん付き合うしかない。それくらいしか、自分にできることはないのだから。

壁《かべ》の時計を見上げる。すでに八時を回っていた。礼二は大きくため息をつき、スリープ状態になっていたパソコンのキーを叩いた。

翌日、一〇一二号室に足を踏《ふ》み入れた礼二は、驚いて足を止めた。

薄ピンク色のカーテンが、今日は開け放たれている。ベッドテーブルには茶色いパウンドケーキとプラスチック製のナイフが置いてあり、紅茶を淹《い》れたマグカップやおしぼり用のハンドタオルまでが所狭《ところせま》しと並べられていた。

「こんにちは。お待ちしていたのよ」

「びっくりしました。これ、どうしたんです？」

「お茶会セット。さっきまで主人が来ていたから、用意してもらったの」

「なんとなんと、今日は本格的ですね」

思わず笑みがこぼれる。チョコレートでコーティングされたパウンドケーキは、見るからに美味しそうだった。

「ケーキは、親戚からのいただきものなんだけどね。だいぶずっしりしているけど、無類のチョコ好きの伊吹さんなら喜んでくれそうだと思って、取っておいたの」

「わあ、それは嬉しいな。でも、僕もマドレーヌを持ってきたんですよ」

「それもぜひいただきましょう」

いくら何でも多すぎますって、と先生の言葉に苦笑しながら、礼二は丸椅子に腰《こし》かけた。そばの棚に直方体の空箱《あきばこ》が置いてあるのに気がつき、印刷された商品名を読む。

「それね、テレビで特集されたこともある、有名なお店なんですって。私は全然詳《くわ》しくないんだけど」

「へえ……ずいぶんと高級そうですね」

自分が普段買ってくるお菓子の、軽く二倍くらいはしそうだ。申し訳なく思いながら、礼二はマドレーヌが入った紙袋を取り出した。

「これ、焼きたてなんだそうです。まだほんのり温かいんですよ。よかったら、先にこっちを食べませんか？」

「もしかして、『マチコの森』の？」

「そうです。わざわざ家の近くまで戻って、買ってきちゃいました」

「まあ、仕事中なのに」

「へっぽこ営業マンの本領発揮《ほんりょうはっき》です」

おしぼりのタオルで念入りに手を拭《ふ》いてから、マドレーヌを二つ取り出し、パウンドケーキの横に並べた。「食べ過ぎ注意、ね」と先生が顔をほころばせる。

仕事を抜け出してきていることにひどく罪悪感を覚えてしまうほど、平和な時間が流れていった。

評判の焼きたてマドレーヌは、一度食べると癖《くせ》になる味だった。ご主人の分もと思って全部で六つ買ってきたはずなのに、気がつくと紙袋は空《から》になっていた。

「あーあ、お腹《なか》いっぱい。これだけ食べたら、パウンドケーキはもう入らないわね」

「ええ、すみません。せっかく用意してくださったのに」

「大丈夫よ。明日、主人と一緒に食べるから」

では僕はそろそろ、と礼二は丸椅子から立ち上がった。鞄から水色のノートを取り出し、先生に手渡す。

「どうもありがとう。また三日後くらいに来てくれる？　それまでに、続きを書いておくわね」

「はい、分かりました」

別れを告げ、病室を出た。先生はいったい、この奇妙な交換日記を、いつまで続けるつもりなのだろう。

*

この交換日記をやりとりするのも、もう九回目になるのですね。

伊吹さんの肩の力がだんだんと抜けてきたようで、安心しています。お仕事の内容や、ご両親やご兄弟のこと、幼い頃のおもしろエピソードまで、たくさん教えてくれて、どうもありがとう。

読みながら、思わず笑ってしまいました。お母さんに電話したときに「美容院にいる」と言われたのを聞き間違えて、真っ青になって病院に駆《か》けつけてしまったとは……。小学二年生のときということで、本当に可愛らしいエピソードですね。

そういえば、私が二か月前まで担任をしていたのも、二年生のクラスでした。一年生のときは学校に慣《な》れるので精一杯だった児童たちも、学年が一つ上がると、それぞれの個性が明確に出てきます。中には、教師に反抗する子もいます。家で悪口を言われて、親御《おやご》さんから抗議の電話がかかってくることもしばしば。

営業のお仕事というのも、似たような悩みがあるのではないですか？

お客様の中にもいろいろな方がいるでしょうし、理不尽な要求をされることもあるでしょう。でも、伊吹さんなら、持ち前の明るさと人懐《ひとなつ》っこさで、上手く乗り切れてしまうのかもしれませんね。

そういえば、骨折した脚は、順調に治癒《ちゆ》しているようです。このままいくと、来月には退院できそうとのこと。早く歩けるようになりたいので、リハビリ、頑張りますね。

＊

お身体が順調に回復しているようで、本当に安心しました。先生が退院されるその日まで、ぜひサポートさせてください。

といっても、僕にできることは、この交換日記を書くことと、病室で一緒にお菓子を食べることくらいですが……。（ちなみに、この間の健康診断《しんだん》で、体重が去年より四キロ増えていました。さすがに甘いものを食べすぎたかもしれません！）

僕のつまらない話も、面白がって読んでくださり、ありがとうございます。ただ、よくよく考えたら、小さい子の笑えるエピソードなんて、教師を長年やっている先生のほうがよっぽど豊富にネタをお持ちですよね。釈迦《しゃか》に説法だったと、後から反省しました。（ことわざの使い方、合ってますか？）

教師の仕事にも、クレームの電話はつきものなのですね。営業も同じです。納品した商品の使い方が難しいとか、請求書のフォーマットが分かりにくいとか、僕一人の力ではどうにもならないことで怒られてばかりですよ……とほほ。

さて、ここまではいつものノリで書いてしまいましたが……今日は改めて、先生にご報告したいことがあります。

昨日、ようやく刑事裁判の結果が出ました。

下された判決は、執行猶予三年、懲役《ちょうえき》一年六か月でした。

あのような悪質な事故を起こしておいて、果たしてこんな軽い罰でいいのかと、呆然《ぼうぜん》としております。

先生は、もう二か月以上も入院している上、いつ職場復帰ができるかも見通しが立っていないというのに……。肋骨と脚の骨折や、全身の怪我で、どれほど苦しい思いをされたか……。

先生のご家族や、同僚《どうりょう》の方々、担任されていたクラスの子どもたちにも、数えきれないほど迷惑をかけたのに……。

全然、重みが釣《つ》り合っていない気がします。もちろん、医療費《いりょうひ》などの損害賠償は別途《べっと》させていただくわけですが、それにしたって……。

すみません、なかなか適切な言葉が見つからないのですが、申し訳ない思いでいっぱいです。

本当にごめんなさい。やっぱり、いくら謝っても、謝り足りません。

先生が元の生活に戻れる日が、早く訪れますように。

それだけを、全力で祈っています。

*

太陽が、じりじりと照りつけている。ハンカチで拭いたそばから、汗が次々と噴《ふ》き出してくる。

片手に引っかけたスーツの上着が、肌に貼《は》りついて気持ち悪かった。今からこんな気候では、真夏はいったいどうなってしまうのか。

前方に、つばめが丘総合病院の白い建物が見えている。さっきから懸命《けんめい》に歩いているつもりなのに、なかなか目的地に辿《たど》りつかなかった。

礼二の足取りが重いのは、気温と湿度《しつど》のせいだけではなかった。早く冷房《れいぼう》の効《き》いた病院内に入りたいという思いと、あの水色のノートを受け取ることへのためらいが、頭の中でせめぎ合っている。

地裁で行われた公判の結果にショックを受けて、やるせない気持ちを交換日記にぶちまけてしまったのは、今から四日前のことだった。

もう謝らなくていいと言われていたのに、衝動《しょうどう》を抑《おさ》えきれなかった。痛々しい怪我を全身に負い、ギプスで足を固定され、自力でトイレに行くのもままならない先生の姿を見ていたからこそ、これでいいのだと割り切ることができなかった。

所詮《しょせん》お前は無力なのだと、嘲笑《ちょうしょう》された気分だった。

礼二が何をしたところで、被害者側の不満や恨《うら》みの感情は残る。刑事罰があの程度で、損害賠償の金額《きんがく》もたかが知れているのだから、当然のことだ。いくら交換日記を通じて先生を笑わせ、お菓子をつまみながら楽しい時間を過ごしたとしても、自分が交通事故の加害者であるという事実は変わらない。

「……そんなことは、分かってたはずなのに」

小さな独《ひと》り言《ごと》が、熱されたアスファルトの地面に、ぽとりと落ちた。

最初はただ、誠意を示したかっただけだった。何度か訪問し、謝罪の気持ちを伝えたら、それで終わりにしようと思っていた。

それなのに、いつの間にか、先生という一人の女性に惹《ひ》かれてしまっていた。

病室に行く時間を心待ちにするようになった。まるで教師と生徒の関係のような、優しく包み込まれるあの感覚が、狂《くる》おしいほど心地よかった。彼女のために、少しでも役に立ちたいと願った。

先生に一度も会っていない横沢には、この気持ちは到底理解できないだろう。

自分でも笑ってしまいそうになる。どうして自分は、たとえ一瞬《いっしゅん》であったとしても、先生と仲良くなれた、心を通わせあえたなどと錯覚《さっかく》してしまったのか。良好な関係がこれからも続くだろうと、明るい未来に期待してしまったのか。

今日受け取る予定の交換日記に、先生がどんな言葉を綴っているのか、想像するだけで怖《こわ》かった。

それ以前に、先生はもう、礼二の訪問を喜ばないかもしれない。あの甘い判決の内容を知って、被害者側が複雑な気持ちにならないはずがないのだ。

ハンカチを額に当てながら、病院の正面玄関をくぐる。胸の痛みをこらえながら、エレベーターに乗り込み、十階のボタンを押した。

「あら、外はそんなに暑いの？　長いこと入院してると、季節感が分からなくなっちゃう」

一〇一二号室で礼二を待ち構えていたのは、意外にも、真夏の向日葵《ひまわり》のように明るい笑顔だった。さっきまで心を覆っていた厚い雲が、ぱっと四方に散っていく。

薄ピンク色のカーテンを小さく開け、礼二はペコペコと頭を下げた。

「見苦しくてすみません。僕、なかなかの汗っかきで」

「シャツもハンカチもびっしょりじゃないの」

「臭《くさ》いかもしれないんで、今日はこれ以上、先生に近づかないようにします」

「確か、主人が汗拭きシートを持ってきてたはずだけど……」

「あっ！　大丈夫です。僕、ハンカチ派なんで」

「……そんな派閥《はばつ》があるの？」

「案外、古風なんですよ」

ついつい、いつものように軽い口調で返してしまう。先生と自分の間を隔《へだ》てるものは何もないと、思い込もうとしてしまう。

「あんまり暑かったんで、今日はシューアイスを買ってきちゃいました。脅《おど》すようで恐縮《きょうしゅく》ですが、今すぐ食べないと、溶けます」

「それは大変。さっそくいただきましょうか」

「どうぞどうぞ」

腕を精一杯伸ばして、ビニール袋を先生に手渡した。「気にしなくていいから、入っていらっしゃいよ」と先生が苦笑する。

冷蔵庫に飲み物があるから、とさりげなく促《うなが》され、礼二は遠慮がちにベッドへと近づいた。

棚の一番下にある小型の冷蔵庫を開けると、緑茶や紅茶など、小さなペットボトルが幾種類も並んでいた。先生のことだから、礼二がデイルームにお茶を取りに行かなくて済むよう、気を利《き》かせてくれたのだろう。

「先生はどれにしますか？」

「私は大丈夫。最近ずっと頭が痛くて、冷たい飲み物は控えてるの」

「えっ、風邪《かぜ》でも引かれました？　となると、シューアイスはまずかったですかね」

「それは別腹《べつばら》。ほら、体調が悪くて食欲がない日でも、アイスなら余裕《よゆう》で食べられる、なんてことがあるでしょう」

「ああ、確かに。でも無理しちゃダメですよ」

「はいはい」

先生はすでに、礼二が手渡した箱を開けていた。個包装《こほうそう》されたシューアイスを一つずつ手に取り、残った一つは冷蔵庫へとしまう。これは、先生のご主人の分だ。

「そういえば、旦那《だんな》さんは何のお仕事をされてるんですか」

「設計士よ。個人事業主だから、ある程度時間の自由が利くの」

「ああ、だから平日昼間にもいらっしゃってたんですね……って、僕、お二人の時間を邪魔《じゃま》しちゃってました？」

「いいえ、そんなことはないわ。主人は人見知りが激しいから、お客さんが来る時間には必ず仕事に戻っちゃうの。挨拶《あいさつ》くらいすれば、っていつも言ってるんだけどね」

先生は朗《ほが》らかに喋《しゃべ》った。だが、その顔色はいつもより青白い。体調が悪いというのは、どうやら本当のようだ。

気まずさを押し隠すための雑談はやめて、今日は早めに切り上げたほうがいいかもしれない。

礼二は慌《あわ》てて、冷たいシューアイスを口に詰め込んだ。

あの水色のノートは、棚の中段に置かれていた。できることなら、今日は返事を受け取らずに、このまま素知らぬ顔をして帰ってしまいたかった。

「あのね、伊吹さん。交換日記のことなんだけど」

しばらく経って、シューアイスを食べ終えた先生がノートに目を向けたとき、礼二ははっと背筋《せすじ》を伸ばした。

「実はね、まだお返事を書けていないの」

「……あ、そうなんですか」

「今から三十分――いいえ、二十分でいいわ。デイルームで、待っててもらえない？」

「え？」

「どうしても今日、お渡ししたいの」

「そんな、また今度でいいですよ。お身体の調子も万全ではないみたいですし」

「やっぱり難しいかな。お仕事の休憩《きゅうけい》時間ですものね」

「あ、いえ……別に、時間はいくらでも自由が利きますけど」

「だったらお願い。すぐに書いてしまうから」

懇願《こんがん》され、その勢いに押されて頷《うなず》く。先生はほっとしたように微笑み、「じゃ、また二十分後に来てね」と手を振った。

わけも分からず、病室を出てデイルームへと向かった。平日昼間の共用スペースには、車椅子に乗った入院患者《かんじゃ》やその家族がまばらに座っていた。スーツ姿の自分は、さぞ浮いているに違いない。

隅の席に陣取《じんど》り、鞄からクリアファイルを取り出した。白いテーブルの塗装《とそう》が一部剝《は》げているのは、長年使い古されているからだろう。夕方の訪問で客に見せる予定の資料に目を通す。だが、病室で交換日記を書いている先生のことが気になって、ちっとも内容が頭に入ってこなかった。

二十分が過ぎた。さらにもう五分待ってから、礼二はあたふたと席を立った。静かなデイルームを後にして、一〇一二号室へと戻る。

先生は、すでに交換日記を書き終えていたようだった。礼二がカーテンの陰《かげ》から姿を現わすとすぐ、にこりと微笑み、水色のノートを差し出してきた。

「急いで書いたから、読みづらいかもしれないけど。会社か家に帰ってから読んでね」

「あ、はい……そうします」

戸惑いながら、両手でノートを受け取る。つるりとした表紙に、先生の手の温《ぬく》もりが残っていた。礼二がデイルームから戻ってくるのを、今か今かと待っていたのかもしれない。

また来ますね、と言い置いて、礼二は病室を出た。

エレベーターに乗り込みながら、交換日記の一番新しいページを開く。会社か家で読めと言われたが、それまで辛抱《しんぼう》できそうになかった。

今までありがとう。もう、お見舞いには来なくて大丈夫です。

最初の一文を見た瞬間、呼吸が止まった。

やっぱり、先生はわだかまりを抱えていたのだ。交通事故の加害者である自分の顔など、もう見たくもないのだ。

悪い予感が現実になったことを知り、ノートを持った手が小刻《こきざ》みに震えた。

しかし――その一文に続く内容は、想像もしていないものだった。

一階のロビーに吐き出された後も、礼二はその場に立ち尽くしていた。手書きの文章を目で追い、何度も読み返す。

涙《なみだ》で前が見えなくなった。すでに汗を限界まで吸い込んでいたハンカチが、いっそうぐしょ濡《ぬ》れになった。

ノートを閉じるや否《いな》や、礼二は駆け出した。エレベーターのボタンを連打し、十階へと急ぐ。

今こそ、先生に謝らなければならなかった。

――バカだと思われようとも、どんなに軽蔑《けいべつ》されようとも。

*

今までありがとう。もう、お見舞いには来なくて大丈夫です。

あなたの真心は、十分すぎるほど伝わりました。ですから、自分を偽《いつわ》り、小さな過《あやま》ちを後悔し続けるのは、もう終わりにしてください。

病室で交流するうちに、気がついたことがありました。

ずっと、何かの間違いかと思っていました。聞いていた事実と照らし合わせると、どう考えても矛盾《むじゅん》が生まれるからです。

ただ、あなたの人となりを知れば知るほど、その確信は強まっていきました。

最初に違和感を覚えたのは、あなたがウェットティッシュを使うのを遠慮したときでした。もしかすると肌が弱いのではないかと思い、その次に来たときはおしぼりのタオルを用意しました。すると、今度は使ってくれましたね。

もっと早く気づいていればよかったのです。あなたがラムフルーツ入りのクッキーをさりげなく避けていたことや、「会社の先輩たちに飲み会でおごってもらうのか」という私の質問に、曖昧《あいまい》な返事をしていたことに。

いただきもののパウンドケーキを勧《すす》めたときなどは、本当に悪いことをしてしまいました。パッケージに商品名が大きく書いてありましたが、あれはブランデーケーキだったのですよね。いつも私の好意を全面的に受け取ってくれるあなたが、いくら焼きたてだったとはいえ、自分の持ってきたマドレーヌだけを三つも食べて帰ってしまったのは、少々不自然に思えました。

それで、思い当たったのです。

あなたは、アルコール過敏症《かびんしょう》なのではないかと。

アルコールアレルギー、ともいうようですね。

今日お会いしたとき、汗拭きシートの話題を持ち出したのは、わざとです。主人が持ってきていたというのは、真っ赤な嘘《うそ》。

汗っかきなのにハンカチ派、という答えを聞いて、やっぱりそうだったのだとようやく納得がいきました。試《ため》すような真似《まね》をして、ごめんなさい。

つまり、あなたは、私を車ではねてなどいないのですよね。

だって、お酒を一滴《いってき》も飲めないあなたが、酒気帯び運転で逮捕されるなんてことは、起こりうるはずがないのですから。

おそらく、あの事故が起きたときに、助手席に乗っていた方なのではないかと推測《すいそく》しています。

心根がとても優しいあなたが、いつかの交換日記で、同乗者の方を責めるような書き方をされていたのが印象的でした。あれは、ご友人の飲酒運転を未然に防げなかった、自分自身を責められていたのですね。

一つだけ、心残りがあります。

「横沢伊吹」でなかったとしたら、本当のお名前は何だったのでしょう？

きっと、弁護士さんに問い合わせれば分かるのでしょうね。でも、あなたの口から直接聞いてみたかった気もします。今となっては、もう遅いですが。

あなたは何の罪も犯していません。仮に責任の一端があるとしても、ごく軽微《けいび》なものです。

私のお見舞いに足繁《あししげ》く通う必要も、ご友人の代わりに謝罪をする義務もありません。


伊吹さん……ではなく、心優しい、名無しの権兵衛《ごんべえ》さん。

どうか私のことは忘れて、明るく楽しい人生を歩んでいってください。

＊

「先生、僕、礼二《れいじ》です。礼儀の礼に、数字の二です！」

汗と涙でぐちゃぐちゃになりながら飛び込んできた礼二を、先生は目を丸くして見つめた。

しばし呆気にとられた後、ふふ、と可笑しそうに声を漏《も》らす。

「ええっと、礼二、さん？」

「……はい！」

「素敵な名前。名は体《たい》を表すとはこのことね」

同室の入院患者がいることも忘れ、礼二はベッド脇で深々と頭を下げた。

「騙《だま》すような真似をして、本当にすみませんでした！　僕は、全部保険会社や弁護士任せで、被害者に謝りに行こうともしないあいつが、横沢の奴が、どうしても許せなくて、それで！」

「もう、何度謝れば気が済むの？　だから会社か家に帰ってから読んでねって言ったのに」

「だとしても飛んできましたよ。こんなことを書かれたら」

「まったく、礼二さんは本当にお人好しなんだから」

顔を上げると、先生は困ったように眉根《まゆね》を寄せていた。しかし、その目と口元は、いつものように笑っていた。

「実を言うとね、謝らなきゃいけないのはこちらのほうなのよ」

布団の上に両手を重ね、先生がゆっくりと言った。

「そもそも、交換日記を始めたのは、あなたの腹を探るためだったの」

「僕の……腹を探るため？」

「ええ。だって、弁護士さんから聞く横沢伊吹さんの印象と、あまりに違ったから。損害賠償の金額をなるべく安く抑えようと強気に交渉してきているって話だったのに、病室に現れた『伊吹さん』はとっても誠実な青年に見えて」

「ああ」――横沢は、そんな姑息《こそく》な交渉まで進めていたのか。

「それで、疑《うたが》ってしまったのよ。もしかしてこの人は、早々《そうそう》に示談を成立させて刑事罰を軽くするために、心にもない演技をしているんじゃないかって。大怪我をして弱っている私に、付け入ろうとしているんじゃないかって」

――伊吹さんが本当は何を考えているのか、まだいまいち理解しきれていないような気もします。

あの文章の真意は、そこにあったのだ。横沢の代わりに被害者に謝りにいくという礼二の行動は、すっかり裏目に出てしまっていた。

「だからね、ものすごく不思議だった。いくら言葉を交《か》わしても、あれだけ長い文章のやりとりをしても、どこまでもいい人にしか思えなくて。公判の日が近づいても、示談を急《せ》かす様子もないし……それどころか、あなたという人間の魅力《みりょく》がどんどん浮かび上がってきて」

「そんな、僕なんて、全然」

「私ね、あなたの深層心理を読み取って、二面性を暴《あば》くことに成功したら、腹いせにあの交換日記は燃やしてしまおう、とまで考えていたのよ。まったく、性根《しょうね》が曲がっているのはどっちなのかしらね」

「先生……」

ごめんなさい、と再び言葉がこぼれた。だからもういいのに、と先生が苦笑する。

「あの交換日記、どうしましょうか。ゴミになるようだったら、私が預《あず》かってもいいんだけど」

「いえ、僕が持って帰ります。というか、持って帰らせてください」

「いいの？」

「横沢にいつか見せたいんです。きっと、このやりとりを見たら、あいつだって少しは反省すると思いますから」

それは本心ではなかった。礼二自身が、先生との思い出を必要としていた。先生と交わした交換日記を、これからも、何度でも読み返したかった。

「私はね、本物の伊吹さんに謝ってもらっても、謝ってもらわなくても、別にどっちだっていいんだけど……お二人の仲が、元に戻ることを祈ってるわ。何せ、学生時代の友人は、一生ものですからね」

「だといいんですけど」

目を合わせ、互いに照れ笑いをする。先生の呂律《ろれつ》が少し怪《あや》しく聞こえたのが、ふと気になった。

そういえば体調は大丈夫ですか、と尋ねようとして、思いとどまる。

芯《しん》の強い彼女は、過度に心配されるのを好まないだろう。脚の怪我も快方に向かっているようだし、きっと来月には、元気な姿を見られるはずだ。

「もうお見舞いに来なくて大丈夫、なんて悲しいこと、言わないでくださいよ。これからも、先生の好きなお菓子を差し入れさせてください」

「困ったわ、入院中にすっかり太っちゃう」

「一緒に太れば怖くないですって」

「こら、誘惑は禁止！」

窓から差し込む西日が、先生の頬を照らした。

いつまでも、その笑顔を眺めていたかった。

＊

今朝《けさ》、旦那さんからわざわざお電話をいただきました。

先生が亡くなられたという事実を、未《いま》だに受け入れることができません。

突然、頭蓋骨《ずがいこつ》の内側で出血が起きたと聞きました。

どうやら、二か月半前の事故の際に、頭の打撲が見過ごされていたようだと。直後に何の症状もなくても、実は血腫《けっしゅ》ができていて、数日から数か月という時間差で出血が起こるケースがあるのだと。

そんなことがあっていいのでしょうか。神様は無情です。

ここのところ、先生が体調不良を訴《うった》えられていたことを思うと、どうして異変に気づけなかったのかと、自分を責めるばかりです。

僕は、先生のことが大好きでした。心から尊敬《そんけい》していました。自分が小学生のときにこのような教師に出会えていればと、先生の教え子たちのことを羨ましく思っていました。

せめて、交通事故の加害者と被害者という出会い方でなかったなら、もっと幸せだったかもしれません。

短い間でしたが、先生のお見舞いに通った日々のことは、一生忘れません。

どうか、安らかに眠ってください。

「交かん日記をするときのお約束」
◎相手がどんなことを書いたとしても、せめたりおこったりしてはいけません。

第六話　上司と部下

七月二十二日（月）

《一社目》午前十時　ジャパンシナジー株式会社様
オフィスチェアとデスクのお見積書《みつもりしょ》を提出。
他社と相《あい》見積もりを取られている様子で、その場での内諾《ないだく》には至《いた》らず。

《二社目》午後一時　株式会社カタクラファイナンス様
初回訪問。弊社《へいしゃ》のサービスや取扱《とりあつかい》製品についての概要《がいよう》説明。
応接室のリニューアルについて詳《くわ》しいご提案《ていあん》希望あり。

《三社目》午後四時　株式会社グリーンリサーチシステム様
導入《どうにゅう》後アフターフォロー。
納品したロッカーのサイズが合わなかったとのクレーム。

ジャパンシナジー様は、できれば申込《もうしこみ》書を取得したかったのですが、力が及《およ》びませんでした。明日《あす》以降もこまめにご連絡《れんらく》し、挽回《ばんかい》していきます。
カタクラファイナンス様への初回訪問では、次から具体的な提案段階に進めることになりました。このまま導入まで持っていけるよう、応援アイテム一式について、レイアウト含め提案を行っていきます。

グリーンリサーチシステム様のクレームについては、メーカーと連携《れんけい》の上、既存《きぞん》の取引に影《えい》響《きょう》しないよう、慎重《しんちょう》に対応していきたいと思います。

＊

✓　葉山《はやま》

＊

なんとも、張り合いがない。

篠崎進《しのざきすすむ》は、昨日《きのう》の営業日報を読み返し、小さくため息をついた。

直属の上司が葉山課長に替わってから、ずっとこの調子だ。上長《じょうちょう》からのコメント欄《らん》に残されているのは、ボールペンで書かれた大きなチェックマークと、『葉山』の赤い印影《いんえい》だけ。ページの四分の一ほどを占《し》めている長方形の枠《わく》は、ほとんど意味をなしていない。

前の溝口《みぞぐち》課長とはえらい違いだった。几帳面《きちょうめん》な性格をしていた溝口課長は、毎日丁寧《ていねい》にコメントを返してくれていた。最低でも三行。そのアドバイスや激励《げきれい》を胸に、篠崎は翌日の営業活動を頑張《がんば》っていたのに。

これでは、何のために日報を書いているのか分からなくなってくる。

よりによって手書きで。

　ＩＴ革命が始まって久しい、この令和《れいわ》の時代に。

「どうした、篠崎。北条《ほうじょう》ちはるの結婚《けっこん》がそんなに悲しいか？」

　突然声をかけられ、篠崎ははっと顔を上げた。向かいの事務机に座っている葉山課長が、悪戯《いたずら》っぽい表情を浮《う》かべてこちらを見ていた。

　右手には私物のスマートフォン、左手には缶コーヒー。椅子《いす》の背に乱雑にかけられたスーツの上着が、今にも床に落ちそうになっている。

　まったく、前の溝口課長と比《くら》べて、ずいぶんと雰囲気《ふんいき》の緩《ゆる》い上司に当たったものだ。まあ、営業成績を買われて最近異例の昇進《しょうしん》をした三十代の葉山課長が、あくまで年功序列《ねんこうじょれつ》の結果として管理職の地位を得た五十代の溝口課長とまったくタイプの異なる人間であることは、当然といえば当然なのだが。

「……北条ちはる？」

「今日《きょう》の三時くらいに、電撃《でんげき》発表があっただろ。相手は歌手の大垣《おおがき》トモユキ。十八歳差婚とは驚《おどろ》くよなあ」

「そうなんですか。今初めて知りました」

「え？　外回り中に自分のスマホくらい見ないわけ？」

「……逆に、見ていいんですか？」

「篠崎は本当に真面目《まじめ》だよなあ。北条ちはるの結婚に対する反応も激薄《げきうす》だし」

「いや、まあ、可愛《かわい》らしくて華《はな》がある女優さんだなとは思いますけど……幸せになったならよかったんじゃないですか」

「なんと模範的《もはんてき》な回答だ！　世の男性たちはショックのあまり続々と会社を早退しているというのに、篠崎は気丈《きじょう》だね」

そう言うと、葉山課長は缶コーヒーを一口飲み、手元のスマートフォンの画面をスクロールし始めた。仕事の息抜きに、今をときめく若手女優の電撃結婚に関するニュースを読み漁《あさ》っているのだろう。

篠崎は再び、机に広げた営業日報へと目を落とした。

この陽気な課長に、教えてあげたくなる。北条ちはるなんかじゃない。俺《おれ》が浮かない顔をしていた原因はあなたにあるんですよ、と。あなたの放任主義のせいで、やる気がめちゃくちゃに減退しているんですよ、と。

ああ、いや、葉山課長のことはどうでもいい。

それより、「日報を提出してから退勤すること」などという古臭《ふるくさ》いルールを、早く撤廃《てっぱい》してくれないものだろうか。日報自体をやめるのが無理なら、せめて手書きでなく、パソコンで入力させてほしい。外出先からメール提出可、ということになれば、遅い時間の商談後にわざわざ帰社する必要もなくなるし、文章の作成スピードだって飛躍《ひやく》的に上がるはずなのだ。

それが叶《かな》わないのは、営業部のトップに、昭和と平成の時代を生き抜いてきた定年間近の田《た》嶋《じま》部長が君臨《くんりん》しているからだろう。

部長の好きな言葉は「伝統」で、嫌《きら》いな言葉は「変革」。仕事上でも、昔からの取引先を大切にし、顧客《こきゃく》の新規《しんき》開拓《かいたく》を軽視する傾向《けいこう》にある。そのくせノルマには厳しいのだから、たちが悪い。

　何が手書きだ。伝統だ。

　こんなの、旧時代の遺物《いぶつ》じゃないか。

　心の中で悪態《あくたい》をつきながらも、篠崎はルーズリーフバインダーから新しい用紙を一枚取り出した。

　七月二十三日、と今日の日付を記載し始める。今から三十分かけて、下手《へた》くそな字で日報を書くのだ。どうせ葉山課長はろくにチェックしないだろうが、営業部全体のルールだから、提出しないわけにはいかない。

　学生のときに思い描《えが》いていた社会人生活とは程遠い毎日だった。お洒落《しゃれ》なカフェやシェアオフィスで薄型のノートパソコンやタブレットを広げ、ハンズフリーのブルートゥースイヤホンを耳にはめてテレビ会議をするような、そんなカッコいい会社員になる気満々だったのに。

　就職活動の神は、篠崎に微笑《ほほえ》んでくれなかった。先進的なＩＴ企業や広告代理店には、一つも受からなかった。なんとか内定がもらえたのは、ここつばめが丘《おか》市を中心とした地域で、昔ながらのオフィス家具を中小企業向けに販売している、この小さくぱっとしない会社だけだった。

　壁《かべ》の時計を見る。もうまもなく、八時になろうとしていた。

　さっさと書いて家に帰ろうと、篠崎は懸命《けんめい》にペンを走らせた。昔から、文章を考えるのは苦《にが》手《て》だ。読まれないかもしれない報告を、頭をひねりながら苦心して書くのは、新規の営業先から冷たく追い返されたとき以上に虚《むな》しい。

「篠崎さん、ちょっといいですか？」

　突然声をかけられ、ぎょっとして振り向いた。相手が誰《だれ》なのかは、顔を見なくても分かる。やはり、後ろに立っていたのは宇野紘奈《うのひろな》だった。社会人二年目の篠崎に対して敬語を使うのは、新入社員の彼女しかいない。

　紘奈は肩までの黒髪《くろかみ》を耳にかけると、「グリーンリサーチシステム様の件で、タカトキ工業から回答がありました」と桃《もも》色のぷるりとした唇《くちびる》を動かした。

「やっぱり、ホームページの記載に一部ミスがあったみたいです。担当者の山中《やまなか》さんが一緒にお詫《わ》びに伺《うかが》って、今後の対応を話し合いたいとのことなんですけど……篠崎さん、次はいつお客様先に行きますか？」

「あ、ああ」

　篠崎は肩をこわばらせ、机へと向き直った。手帳を開き、紘奈に背を向けたまま答える。

「ええっと……次のアポは……あ、明後日《あさって》の午後三時だな」

「ありがとうございます！　では、山中さんの都合を聞いてみますね」

「うん。よ、よろしく」

　いつものことながら、口調がぎこちなくなる。去っていく後ろ姿を、ちらりと横目で見やった。

　メーカーへの発注業務を担当する部署にいる紘奈とは、業務上やりとりをすることが多い。こうやって話しかけられたり、どうしてもメールでは済ませられない用件を伝えにいったりするたびに、篠崎の胸の内にはどうしようもない気まずさが広がるのだった。

向かいに座っている葉山課長が、不思議そうにこちらを眺《なが》めていた。その視線に気づかないふりをして、篠崎は再びペンを握《にぎ》った。

まさか――こんなところで、宇野紘奈と再会してしまうなんて。

就職活動の神様は、きっと篠崎のことが嫌いなのだろう。

そうでなければ、起こらないはずの偶然《ぐうぜん》だ。

彼女の存在は、古臭い手書きの日報や上司の適当すぎる雑談以上に、篠崎の心を日々掻《か》き乱《みだ》す。

*

七月二十三日（火）

《一社目》午前十時　名倉《なぐら》自動車販売株式会社様
商談スペースの新レイアウトをご提案。
パーテーションの色とサイズの変更希望あり。

《二社目》午後二時　株式会社コムロインターナショナル様
社長室用オフィスチェアの入れ替え提案。
お持ちした中でお気に召すものがなく、再度選定しご紹介予定。

《三社目》午後五時　稲沢《いなざわ》工務店株式会社様
　移転後オフィスの電源工事立ち会い。
　　滞《とどこお》りなく終了。

名倉自動車販売様は、基本路線はOKをいただきました。あとは細かい部分の調整を丁寧に行い、内諾へと繋《つな》げていきます。

コムロインターナショナル様は、サンプル品をいくつかお持ちして社長様に座っていただきましたが、背もたれの角度や高さ調節のレバーの位置がしっくりこないようでした。来週には二回目の提案ができるようにします。

稲沢工務店様については、工事の最終段階が無事完了しました。時機を見て、アフターフォローや追加提案を行っていきます。

＊

✓　葉山
最近の様子を見ていて、少し引っかかったことがあるので、ここに書かせてもらいます。

営業事務課の宇野紘奈とギクシャクしているようだけど、大丈夫ですか？

気のせいだったら申し訳ない。その場合、この質問は無視してください。

＊

午前と午後に二件ずつ入っていたアポイントをすべてこなし、六時半近くにオフィスへと帰ってきた。ハンカチで汗を拭《ふ》きながら、机の上に置いてあったルーズリーフバインダーを開き、昨日書いた日報の上長コメント欄を確認する。

「あれ」

チェックマークと『葉山』のハンコ、だけではなかった。二か月前に上司が替わってから初めてもらったコメントを、その場に立ち尽くしたまま、何度も読み返す。

「おい篠崎、どうかしたか？」

隣の席の井沢《いざわ》さんが話しかけてきた。去年、篠崎の教育係を務《つと》めていた五年目の男性社員だ。

慌《あわ》てて椅子に腰《こし》かけ、「いえ、何でも」としどろもどろに返す。

向かいの席に、葉山課長の姿はなかった。首を伸ばして見回してみたが、フロアのどこにも見当たらない。

「あの、井沢さん」

「ん？」

「葉山課長って、もう退社しました？」

「ああ、ついさっきね。何か用でも？」

「あ、いえ、その……課長はいつも帰るのが早いなと思って」

「もともとは、そういうわけでもなかったんだけどね。ほら、葉山課長の奥さん、切迫早産《せっぱくそうざん》になっちゃって大変な時期だろ？　二日連続で残業するとさすがに怒《おこ》られるらしいぜ」

そうか、と思い出す。一か月ほど前の朝礼で、確かそんなことを言っていた気がする。妻どころか恋人もいない自分にはピンとこない話で、つい聞き流してしまっていた。

「待望の第一子だってのに、スムーズにいかないもんだよなあ。無事に生まれるまでは、仕事で課長に迷惑《めいわく》かけないように気をつけないと。謝罪《しゃざい》案件なんてもってのほかだ」

「本当ですね」

「ってか、生まれてからもか」

好奇心旺盛《おうせい》な井沢さんに覗《のぞ》き込まれないように気をつけながら、篠崎は再び日報の上長コメント欄へと視線を落とした。

葉山課長の字は、意外にも、綺麗《きれい》で整っていた。書道の経験でもあるのだろうか。ミミズののたうち回ったような自分の筆跡《ひっせき》が、急に恥《は》ずかしく思えてくる。

それにしても――。

やはり、気づかれていたのか。

昨夜、宇野紘奈が篠崎の席を訪ねてきたときに、ついそっけない態度を取ってしまった。これまでだって、目の前の席に座る葉山課長が、自分たちの会話を目撃する機会は何度もあっただろう。

だが、日報のコメント欄を通じて問いただされるとは、予想もしていなかった。他の社員に聞かれるわけにはいかないし、奥さんが切迫早産という状況では仕事帰りに飲みに連れ出すわけにもいかないから、こういう手段を選ばざるをえなかったのかもしれないが。

この返事は——いつも一日の振り返りを書くのに使っている、日報の自由記述欄を使ってすればいいのだろうか。

ふと、そんなことを思案し始めている自分に驚いた。これが営業先に同行してもらった帰り際《ぎわ》に「宇野紘奈と喧嘩《けんか》でもしたか？」などと軽く訊《き》かれただけだったら、「え？ 何のことですか」と反射的にとぼけていたに違いない。

整った字と、丁寧な言葉遣《づか》い。改まった態度で真摯《しんし》に問いかけられたからこそ、素直に答えようという気持ちがわいてきたのかもしれなかった。少なくとも、野次馬根性《やじうまこんじょう》や冷やかしといった悪意は、この文章の中には見受けられない。

誰かに喋《しゃべ》りたい、という思いはもともとあった。ただ、恥ずかしくて言えなかった。過去の自分を思い出すことには、胸の痛みが伴《ともな》った。

とりあえず——日報を書く前に、積み上がったタスクを片付けてしまわなくては。

バインダーを机の隅《すみ》に押しやり、全身で伸びをする。椅子を回転させ、大きく背中を反らしながら、営業事務課のメンバーが座る島へと目を向けた。

自席に座っている宇野紘奈の後ろ姿が見えた。水色のブラウスの襟元《えりもと》に、ストレートの黒髪がふわりとのっている。その袖《そで》から伸びる腕《うで》は、雪のように白くてほっそりとしていた。

「おーい、宇野ちゃん」

壁際《かべぎわ》の席に座っている田嶋部長が、片手を上げて紘奈を呼んだ。「はい！」と彼女が元気よく立ち上がった拍子《ひょうし》に、紺色の膝丈《ひざたけ》スカートが左右に揺《ゆ》れる。

「来月、エレクトーンのコンサートをやるんだって？　平沼《ひらぬま》さんから聞いたよ。チラシ、俺にも一枚ちょうだい」

「えっ、部長も来てくださるんですか？」

「前から、聴きにいきたいと思ってたんだ。宇野ちゃんの演奏《えんそう》の腕前は、プロのピアニストにも引けをとらないって話だから」

「もう、盛りすぎですよ！　誰ですか、そんな根も葉もない噂《うわさ》を流したのは」

あくまで趣味《しゅみ》でやっているだけですから期待しすぎないでくださいね、と謙遜《けんそん》しながら、紘奈が部長の机に近づいていった。手渡されたチラシを、部長は眼鏡《めがね》を外《はず》し、満足げな顔で眺《なが》めた。

「わざわざありがとうね。お礼に生《なま》もみじ饅頭《まんじゅう》をあげよう。今日お客さんからもらったんだけど、俺一人じゃ食べきれないからさ」

「わあ、いいんですか？　嬉《うれ》しいです」

紘奈が無邪気《むじゃき》に顔をほころばせ、箱からピンク色の包みを一つ取った。だらしなく鼻の下を伸ばした田嶋部長に、近くに座っていた営業事務課の平沼さんが、呆《あき》れた様子で話しかける。

「ちょっと部長、一度に株《かぶ》を上げようとしすぎじゃないですか？　魂胆《こんたん》が透《す》けて見えますよ」

「そうか？　宇野ちゃんに気に入られようとしたのがバレバレだったかな」

「ええ、バレバレのスケスケです。嵐《あらし》のデビュー時の衣装並みに」

「それはやっちまったな」

田嶋部長が豪快《ごうかい》に笑った。平沼さんが「宇野ちゃん、こんなおじさんに引っかかっちゃダメよ」と冗談《じょうだん》っぽく顔をしかめ、紘奈が可笑《おか》しそうに口元に手を当てる。

上手《うま》くやってるよなあ、と篠崎は思う。

若い女子だからちやほやされるというのも、少しはあるのかもしれない。だが、田嶋部長のような典型的なおじさんだけでなく、平沼さんのような中年女性社員にまで可愛がられているのは、紘奈のまっすぐな性格がなせる業《わざ》だろう。

紘奈がエレクトーンの名手だという噂は、篠崎のもとにも聞こえてきていた。新入社員ながら、昼間は仕事に精を出し、帰宅した後に毎日練習をしているらしい。それでアマチュア団体のコンサートにまで出演するというのだから、彼女のワークライフバランスは徹底《てってい》している。

あいつが、こんな大人になるなんてな。

嫉妬心《しっとしん》が芽生《めば》えそうになると同時に、胸の痛みが強くなった。

でも、紘奈は――果たして、これでよかったのだろうか。

「おいおい、篠崎も宇野ちゃんにご執心《しゅうしん》か？」

耳元で囁《ささや》き声《ごえ》が聞こえ、ふと我《われ》に返った。隣の席の井沢さんが、椅子の背に手をかけ、ニヤニヤとこちらを覗き込んでいた。

「ち、違いますよ」

「隠《かく》さなくたっていいんだぜ。年次も一番近いし、溌剌《はつらつ》としてて可愛いし、気になる存在ではあるだろ」

「だから違いますって」

首を左右に振り、机へと向き直った。ノートパソコンの電源を入れ、今日中に済ませなければならない事務作業の内容に思いを巡《めぐ》らせる。

背後では、まだ部長たちの楽しそうな会話が続いていた。その声を聞くまいと懸命に努力している社員がここに一人いることを、彼らは知る由《よし》もない。

*

宇野紘奈の件で、ご心配おかけしてすみません。正直、葉山課長に見抜かれているとは思っていませんでした。

誰にも言っていないことなので、他言《たごん》無用《むよう》でお願いしたいのですが……。

実は、彼女と私は、幼《おさな》なじみなのです。いえ、これまで十年以上ものあいだ関係は断絶していたので、元幼なじみ、といったほうがいいかもしれません。

私が一歳のときに、隣の家に住んでいた夫婦のもとに女の子が生まれました。それが紘奈でした。物心ついたときには、毎日一緒に遊ぶ関係になっていました。親同士も仲がよかったので、それが自然な流れだったのでしょう。

ただ、そんな彼女との関係も、私が小学五年生のときを最後に切れてしまいました。私が彼女に対し、あまりにもひどいことを言ってしまったのです。

その後すぐに、宇野一家はどこかへ引っ越していきました。それ以来、連絡を取ったことは一度もありません。住所さえ教えてもらえなかったので、手紙を送ることもできませんでした。

そんな宇野紘奈と、偶然にも、この会社で再会してしまったのです。私は彼女に合わせる顔がありません。彼女も、私なんかとは関わりたくないでしょう。私の姿が視界に入るたびに不快な思いをさせているのではないかと、毎日不安でいっぱいです。

　曖昧《あいまい》な話に終始してしまいすみません。すでに欄外に飛び出してしまっているので、いったんここまでにしておきます。

＊

✓ 葉山

　詳しく答えてくれてありがとう。入社した会社で幼なじみと再会してしまうとは、びっくりですね。

　ひどいことを言ってしまった、という部分が気になります。差し支えなければ、彼女との間に何があったのか、聞かせてもらえますか？

　子どもの頃の話ですから、案外、彼女は覚えていないかもしれませんよ。言ったほうはいつまでもよくよく気にしていたのに、言われたほうは何とも思っていなかった、というようなことは、往々にしてありますからね。

優しいお返事ありがとうございます。でも、私がやってしまったことは、子どものケンカ程度の話ではないのです。

*

宇野紘奈がエレクトーンを得意としていることは、葉山課長もご存知ですよね。

彼女は、幼い頃からピアノを習っていました。私も一時期同じ教室に通っていましたが、そのレベルは天と地ほど違いました。私より一歳年下であるにもかかわらず、彼女のほうが断然上手《じょうず》だったのです。

教室の先生が熱を上げ、週一回のレッスン料で二回も三回も通わせて鍛《きた》え上げようとするほど、彼女には類《たぐ》い稀《まれ》なピアノの才能が備《そな》わっていました。近所の人は誰しも、宇野紘奈が将《しょう》来《らい》有名なピアニストになると信じて疑いませんでした。実際、彼女は小学生向けのコンクールでいくつも賞を獲《と》り、着々と名を上げていたのです。

そんな彼女を、私は羨《うらや》ましく思っていました。いくら練習しても到底追いつけないことに嫌《いや》気《け》が差し、ピアノ教室はすぐにやめてしまいました。彼女は悲しがっていましたが、私は知らんぷりしてボール遊びやテレビゲームに興《きょう》じていました。

それでも、幼なじみとしての関係は続いていました。彼女のピアノの練習が本格化したため、さすがに毎日というわけにはいかなくなりましたが、自由時間を見つけては、お互いの家に上がり込んでよく遊んだものです。

ただ、彼女が小学三年生のとき、宇野家に苦難が降りかかりました。紘奈のお父さんは中華料理店を三店舗《てんぽ》持っている自営業者だったのですが、店の経営や資金繰《ぐ》りが上手くいかず、借金が膨《ふく》れ上がってしまったのです。

あちこちの消費者金融《きんゆう》からお金を借りていたのか、宇野家の固定電話は一日中鳴り続けるようになりました。家に遊びにいったときに、電話口でペコペコ頭を下げて謝《あやま》っているお母さんの姿を、私も何度か目にしたことがあります。「うちじゃなくて、進くんちで遊びたいな」と紘奈が遠慮《えんりょ》がちに言う日も増え、だんだんと宇野家からは足が遠のいていきました。

ああ、紘奈の家は、借金をして貧乏《びんぼう》になってしまったんだな。

子どもながらに、それくらいのことは理解していた記憶《きおく》があります。

ちょうどその頃、生活保護に関する特集をテレビで目にしました。リストラに遭《あ》い、病気をして、働けなくなった。お金がないため、生活保護の受給を決めた。そうした一人の男性と、その家族に密着するドキュメンタリー番組でした。

その中で、妻が大事にしていたピアノを売るというシーンが出てきたのです。ピアノは資産とみなされるため、生活保護を受けるなら処分しなくてはならない。そのシーンを、当時小学五年生になったばかりだった私は、ざっくりとしか理解できませんでした。

「ねえ、貧乏になると、ピアノを売らなきゃいけないの？」

夕飯時だったでしょうか。私の質問に、母は「そうみたいねえ」とテレビを見ながら答えました。「ピアノは高いから、それで少しでもお金を作らなきゃいけないんだよ」という母の説明を、私は言葉のまま受け取りました。

翌日、私は紘奈と家でテレビゲームをする約束をしていました。それなのに、いつまで経《た》っても彼女はやってきませんでした。隣の家からは、滑《なめ》らかなピアノの音が聞こえてきます。彼女は私との約束をすっかり忘れ、ピアノの練習をしていたのです。

私はイライラしながら宇野家に向かい、インターホンを鳴らしました。玄関口に出てきた彼女は、驚いた顔をして、「今日は練習があるから、遊べない」と言いました。買ったばかりの新作ゲームソフトを紘奈と一緒に開けようと、学校からいそいそと帰ってきて何十分も待ち続けていた私は、途端《とたん》に感情を抑《おさ》えきれなくなり、思わず怒鳴《どな》ってしまいました。

「いくら練習しても無駄《むだ》なくせに！　紘奈んちは貧乏でしょ。貧乏になると、ピアノは売らなきゃいけないんだよ。それで借金を返すんだよ。紘奈がいつまでもピアノをやってるから、お父さんもお母さんも売れなくて困《こま》ってるんだよ。どうせずっと続けられないんだから、ピアノなんか今すぐやめればいいのに！」

紘奈はショックを受けて立ち尽くしていました。そして泣き出しました。そんな彼女を置いて、私は家に帰りました。

そのことを話すと、母は烈火《れっか》のごとく怒りました。「テレビの話と紘奈ちゃん家《ち》のことは全然違う。早く謝ってきなさい！」と言う母に、私は「嫌《いや》だ！」と抵抗し続けました。約束を破ったのは紘奈なので、先に謝るのはあっちだと思っていたのです。

ですが、彼女はいつまで経っても私の前に姿を現わしませんでした。

それどころか、ある日、私は目にしてしまったのです。隣の家から、紘奈が大切にしていたアップライトピアノが、業者の手によって運び出されるところを。表に出てきた紘奈のお母さんが、ピアノを積んだトラックが走り去っていくのを見送りながら、こっそり涙《なみだ》を拭いていたのを。

私はただ呆然《ぼうぜん》と、紘奈のお母さんの姿を見つめていました。取り返しのつかないことをしてしまったのだと、そのときに初めて悟《さと》りました。

「紘奈ちゃん、ピアノ教室をやめたんだって。先生は引き留めたのに、もう続けたくないって、自分で言い出したらしいよ。あんたが夢《ゆめ》を壊《こわ》したんだ。紘奈ちゃんは一生懸命、ピアニストを目指してたのに」

しばらく経ってから、母にそう言われました。その後すぐに、宇野一家はどこかへ引っ越していきました。行き先は、私の両親を含め、近所の誰も知らされていませんでした。

つい裏までびっしり書いてしまい、すみません。葉山課長に打ち明けることができて、すっきりしました。バカな私を、どうか笑ってください。

＊

✓　葉山

状況、よく分かりました。これほどの長文を書くのは大変だったろうに、わざわざありがとう。

つまり君は、ピアニストになるという夢を奪い、宇野紘奈の人生を変えてしまったと、後悔《こうかい》しているのですね。

でも、どうでしょう。ピアノが上手な子たちというのは全国に大勢いますが、その中でプロになれるのはほんの一握《ひとにぎ》りです。彼女だって、遅かれ早かれ、壁にぶつかることになったかもしれません。

そのタイミングが、ほんの少し早く訪れただけ。そんなふうには考えられませんか？

僕の目から見ると、会社で働きながら、趣味でエレクトーンをやっている彼女は、とても楽しそうです。充実《じゅうじつ》した人生を送れていると、彼女自身、満足しているのではないでしょうか。

もし嫌でなければ、一度、彼女と話し合う機会を設《もう》けてみては？　案外簡単に、わだかまりが解消するかもしれませんよ。

＊

慰《なぐさ》めてもらって、少し心が軽くなりました。

でも、どうしても楽観的にはなれないのです。紘奈があのときのことをまったく気にしていないとは、とても思えません。当時四年生だったとはいえ、夢を打ち砕《くだ》かれた瞬間《しゅんかん》のことは、はっきりと覚えていることでしょう。それに、あのまま続けていれば、紘奈は確実に「ほんの一握り」のピアニストになれたと思います。

引っ越していった後、彼女がいったいどういう人生を送ってきたのか……私が吐《は》いた暴言《ぼうげん》のことをどう思っているのか……そして今、どういう気持ちでエレクトーンをやっているのか……気になることばかりです。

ですが、そのことを直接彼女に訊《き》く勇気も私にはありません。せっかくご提案いただいたのに、申し訳ないのですが……。

＊

✓　葉山

こちらこそ、すまなかったね。十年以上も離れていて、今は業務上の会話しかすることがないのに、いきなり当事者同士の話し合いを勧《すす》めたのは迂闊《うかつ》でした。

君さえよければ、僕が探りを入れてみましょうか？

彼女の生《お》い立《た》ちや、エレクトーンを始めた経緯《けいい》を、さりげなく聞き出してみようと思います。

もちろん、君の名前は一切《いっさい》出しませんので、ご安心を。

嫌だったらすぐに言ってください。プライベートに関することですし、こちらも出過ぎた真《ま》似《ね》をするつもりはありませんので。

＊

あれって、まさに交換《こうかん》日記だよな——と、日報に書いた文面を思い出す。

なんだか懐《なつ》かしい響《ひび》きだ。小学生の頃に、クラスの女子がやっていた記憶がある。高学年以降になると、ほとんどの子が携帯電話を持つようになって、そんなアナログな遊びは流行《はや》らなくなってしまったけれど。

『自由記述欄』と『上長からのコメント欄』を使ったやりとりは、先週からずっと続いていた。不思議なもので、自分の気持ちを吐露《とろ》する手段として、手書きの文章というのは思いのほか心地よかった。商談結果の報告を書くのに四苦八苦していたのが、まるで嘘《うそ》のようだった。

宇野紘奈に探りを入れるという葉山課長の提案に対し、篠崎は迷わず『お願いします』と返事を書いた。紘奈には多少不審《ふしん》に思われるかもしれないが、この申し出を断ったら最後、きっと彼女の心の内は一生分からないままになってしまう。

それから数日間、上長コメント欄には『もうしばらくお待ちください』の文字が記されるようになった。ただでさえ残業できない中、宇野紘奈と話す時間を懸命に見つけようとしてくれているのだろう。篠崎は密《ひそ》かに感謝しながら、『ありがとうございます。いつでも大丈夫です』と返事を書き続けていた。

今日は、そんな葉山課長と、二人きりでの客先訪問だった。

「いやあ、あんなに手こずるとは思わなかったな！　あの社長さん、どんだけ好みがうるさいんだ」

「まあ、高価格帯のチェアを買おうとしてくれてますからね。社長室の次は、社員用の椅子も検討したいって言われてますし」

「蔑《ないがし》ろにできないのが痛いところだな。ここが踏《ふ》ん張《ば》りどころか」

助手席に座っている葉山課長が、両手を後頭部に当てる。信号が青になり、篠崎は慎重にアクセルを踏んだ。後ろに積んであるオフィスチェアのサンプル品が、互いに触れ合ってカタカタと音を立てる。

「あの……」

ためらいながら、話しかける。営業先からの帰り道、社用車に二人きりという状況で、あのことについて触れないのは不自然なように思えた。

「日報の件、ありがとうございます。どうでもいい悩みを聞かせてしまって……なんか、すみません」

「気にするなって。俺が無理やり首を突っ込んだようなものだし」

「でも、よく分かりましたね。井沢さんなんかは全然気づいてなくて、俺が挙動《きょどう》不審なのは宇野紘奈に恋をしてるからじゃないかって、しょっちゅう冷やかしてくるんですよ」

「ああ、最初は俺もそう思ったよ。二年目の篠崎進と、新卒の宇野紘奈。二人はお似合いなんじゃないかって、みんな噂してたし」

「ええっ？　どうしてですか」

「だって、お前、彼女いないんだろ？」

「……ん？」

「今の営業部、既婚者ばっかだし」

「……理由、それだけ？」

「そんなもんなんだよ、噂ってのは」

あはは、と葉山課長が朗《ほが》らかに笑った。

「俺だってさ、去年結婚するまでは、周りに好き勝手言われてたんだぜ。総務の長浜《ながはま》さんはどうかとか、経理の三木《みき》さんは最近彼氏と別れたから狙《ねら》い目だよとか」

「おせっかいも甚《はなは》だしいですね」

「だろ？　周りに言ってなかっただけで、俺にも恋人くらいいたのにさ」

「それが、今の奥さんというわけですか」

「そうそう。『どこで出会ったんだ？』『相手はどんな人？』って質問攻めにされるのが嫌で、会社の連中にはずっと隠してたんだ。ま、結婚したって報告した瞬間に似たような目に遭ったから、結局は先延ばしにしただけだったけどな」

その言葉で思い出した。噂好きの井沢さんが、二週間ほど前に話していた気がする。

「確か、ドラマみたいな馴《な》れ初《そ》めなんですよね。小学校の頃に教わった恩師の教え子同士、でしたっけ」

「あれま、篠崎にまで伝わってるのか」

葉山課長が頭を搔いた。「ったく、困ったもんだ」と言いながらも、まんざらでもなさそうに説明する。

「小四のときの担任が、ものすごく人望のある女の先生だったんだけどさ。その人が、若くして交通事故で亡くなったんだよ。それ以来、毎年先生の命日には事故現場に花を持っていくことにしてて……妻とは四年前に、そこでたまたま出会ったんだ。彼女も花を供《そな》えにきてた」

「それまで、面識はなかったってことですか？」

「うん、完全に初対面だったね。妻と俺は、別の小学校の出身で、学年も二つ違うんだ。お互い小四のときに習ってたって話だから、時期がずれてたんだな」

「いやあ、運命を感じますね。やっぱりドラマみたいです」

「篠崎まで俺をからかわないでくれよ」

葉山課長は気恥ずかしそうに身をよじった。言葉の端々《はしばし》に、奥さんへの愛情が見え隠れしている。きっと夫婦仲がいいのだろう。

「でも、すごいですね。小四の頃の担任なんて、ちょっと考えないと思い出せないくらいの存在ですよ。十年ちょっと前に小学生だった俺でもそうなんですから、葉山課長の場合――」

「うむ、二十年以上前のことになるな」

「それなのに、四年前までは事故現場に花をお供えしてたわけですよね」

「今でも夫婦で行ってるよ。本当にお世話になった先生だから」

「へえ……どんな先生だったんです？」

「とにかく生徒一人一人を大事にしてくれる人、って感じかな。一対一で交換日記をしたのは、いい思い出だよ。そのときのノートは、今でも取ってある」

「生徒一人一人と交換日記？　ずいぶんと熱心な先生だったんですね」

そう驚きながらも、内心腑《ふ》に落ちた。日報のコメント欄を使って部下の悩み相談に乗るという方法を思いついた背景には、自身の実体験があったのだ。

前方に、社屋が見えてきた。白い外壁の汚《よご》れがよく目立つ、三階建ての古ぼけたビルだ。

ウインカーを出して、駐車場へと入る。葉山課長を降ろし、自分はすぐに次の営業先へと向かう予定だった。

「じゃ、午後の営業も頑張れよ」

「ありがとうございます」

「日報の返事、気合い入れて書いておくから」

――ということは、何かしらの情報を、宇野紘奈から聞き出せたのだろうか。

助手席のドアを閉めた葉山課長は、力強く親指を立ててみせてから、正面玄関へと去っていった。

*

✓ 葉山
さて、お待たせしていた件について、宇野紘奈に探りを入れてみました。

彼女がエレクトーンを始めたのは、大学でサークルに入ってからだそうです。それまではピアノをやっていたのかと尋ねたところ、習っていたのは小学四年までという答えが返ってきました。やはり、引っ越し先でも、その後ピアノ教室に通うことはなかったようですね。

どうしてピアノを習い続けなかったのか、という僕の問いに対し、彼女は意外にも、あっけらかんと答えてくれました。「うちが貧乏だったからです」と。

「両親は、私にピアノを続けさせたかったみたいなんです。借金だらけで首が回らない生活をしていたのに、ピアノ教室の先生が私に入れ込んでいるからというだけの理由で、ずるずると自転車操業《そうぎょう》を続けていたようでした。そのことに私がようやく気づいたのが、四年生のとき。近所の男の子に怒られたんです。『お前がピアノを続けているせいで、お父さんが借金を返せないんだぞ』って」

この近所の男の子というのが、君のことですよね。

まだ子どもだった君は知らなかったかもしれませんが、その頃、彼女の両親は近所の人たちにも金を貸してくれないかと頼み込んでいて、どんどん孤立《こりつ》していたそうです。家を売り払って引っ越したときに、誰にも行き先を知らせなかったのは、そういう事情があったからだったのですね。

彼女が君に一喝《いっかつ》され、ピアノを手放す決断をしたおかげで、両親はようやく自己破産と生活保護の手続きをすることができました。引っ越し先のアパートでは、取り立ての電話が鳴ることもなくなり、慎《つつ》ましくも平穏《へいおん》な暮らしができるようになったそうです。

ただ、面白《おもしろ》い話を聞くことができました。

ピアノをやめてからのほうが、ピアノに対する思いは強くなった、というのです。

「それまでは、教室の先生に言われるままに、漫然《まんぜん》と課題をこなしていただけだったんです。先生や周りによく褒《ほ》められるので、自分は将来ピアニストになるのかもしれないと漠然《ばくぜん》と思ってはいましたが、あくまで私自身の姿勢《しせい》は受け身でした」

君は彼女の夢を打ち砕いたと感じていたようですが、彼女はそう捉《とら》えてはいなかったようですよ。

「でも、『どうせ続けられないんだから、いくら練習しても無駄』という近所の男の子の言葉で、火がついたんです。貧乏だとバカにされて、すごく悔《くや》しかった。だから、ピアノを売ってしまっても、絶対にピアノを続けてやる、しがみついてやると心に誓ったんです」

ピアノがないのに、どうやってピアノを続けたのか、不思議に思いますよね。訊いてみると、彼女はこう言いました。

「意外と、手元になくても何とかなるものですよ。家では、段ボールに鍵盤《けんばん》を書いて、図書館で借りてきた楽譜《がくふ》を見ながら指の動きを練習しました。音を出したいときは、教室にあるオルガンを使うんです。校歌や合唱の伴奏者《ばんそうしゃ》に立候補すれば、音楽室のグランドピアノだって貸してもらえました。無音の状態で練習した曲を、初めて本物の楽器で鳴らすときの快感は相当《そうとう》なものです。気づけば、ピアノのレッスンに通っていた頃より、私は音楽そのものを好きになっていました」

その後、中学に入ってしばらくした頃に、体調を崩《くず》していたお父さんが職を見つけ、ようやく生活保護から抜け出したそうです。彼女は誕生日に一万円ほどのキーボードを買ってもらい、家でも音を鳴らして演奏をすることができるようになりました。そのときにボタン一つで音色を自由に変えられる楽しさに気づいたのが、のちにエレクトーンを始めるきっかけとなったようです。

つまり、まとめると、こういうことなのです。

宇野紘奈は、君を恨《うら》んではいない。現実を突きつけられてショックを受けたものの、ピアノを売り払うという決断は結果的に家族を救ったわけだから、それでよかったと思っている。貧乏だとバカにされたのは悔しかったが、その言葉がなければここまで音楽にのめり込むことはなかった。大学でエレクトーンに出会い、社会人になってからも続けられていることで、十分豊かな音楽人生を送ることができている。

ですから、君が必要以上に気に病む必要はないのではないでしょうか。彼女は君に感謝こそすれ、嫌ってなどいないと思います。

今度は僕が裏までびっしり書いてしまいましたね。

どうでしょう。宇野紘奈と話してみる気になりましたか？

＊

葉山課長、本当にありがとうございます。私がずっと気になっていたことを、こんなに詳しく彼女から聞き出してくれて、感謝の気持ちしかありません。

職場での立ち回り方を見ていても感じますが……紘奈は、とても強い女性なのだと思います。振り返ってみれば、昔からそうでした。ピアノの上達のために、毎日三時間以上の練習を自分に課していました。先生から指摘《してき》されたことは、次のレッスンまでに必ず修正していました。自分の思いどおりに弾けないときも、怒ったり落ち込んだりせず、ただひたすら前を見て努力し続けていました。

そんな彼女には、後悔する、という概念《がいねん》がないのだと思います。

ピアノを売ったから生活保護を受けられて、平穏な暮らしを手に入れた。家にピアノがなかったおかげで、音を鳴らす楽しさに気づくことができた。一万円のキーボードを買ってもらったことが、エレクトーンとの出会いに繫がった。

彼女はすべてを前向きに語っていますが、そういうふうに考えられるのは、彼女が強いからです。いい意味で楽観的だからです。

逆境の中でも、紘奈が幸せに生きてきたと感じているのなら、私も嬉しいです。

でも、私があんなことを言わなかったなら、彼女は今頃、立派なピアニストになっていたのではないでしょうか。華《はな》やかな未来に繫がる道を閉ざしたのは、やはり私だったのではないでしょうか。

彼女があのままピアノを続けていた場合、確かに、両親は借金で苦しみ続けることになったかもしれません。ですが、どこかのタイミングで状況が好転する可能性《かのうせい》だってあったわけです。ピアノ教室の先生だって、紘奈を育てるためなら、レッスン料を全額免除《ぜんがくめんじょ》することも考えてくれたでしょう。

ピアノを売らなきゃいけない。ピアノなんか今すぐやめればいいのに。

私がそう言い放ったとき、紘奈は泣きました。

受け身だったとか、ピアニストになるのかもしれないと漠然と思っていただけとか、漫然と課題をこなしていただけとか……その程度の気持ちだったなら、あんなふうに取り乱したりはしないでしょう。それらは、あとから考えた言い訳にすぎません。あの時点でピアノへの強い思いがあったからこそ、彼女は大きなショックを受け、こらえきれずに泣いてしまったのです。

私は、あのときの彼女の涙を忘れることができません。あの涙が、彼女の本心を映し出していたのだと、今でも信じています。今さら幼なじみを名乗る権利は、私にはありません。

せめて、周りから見てぎこちない態度にならないよう、これからは気をつけて接したいと思います。ご迷惑をおかけして、本当に申し訳ありませんでした。

＊

社用車から降り、オフィスチェアのサンプル品を一人で社屋内へと運び込むと、すっかり汗だくになった。

冷房《れいぼう》の涼しさを求めて、急いで正面玄関へと向かう。短い廊下《ろうか》を歩き、オフィスへと続くドアを開けた途端、篠崎ははっとして足を止めた。

自席の向かいで、宇野紘奈と葉山課長が立ち話をしている。昨夜日報に書いたことを思い出し、動揺《どうよう》が顔や態度に出ないよう気をつけながら、篠崎は足音を忍《しの》ばせて自分の机へと近づいた。

「宇野ちゃん、ありがとう！　これだけ書くの、大変だっただろ」

「いえいえ、全然。少しでもお役に立てたなら嬉しいです」

「この作業、さすがにうちの課の奴《やつ》らには押しつけられないからさ。本当に助かったよ」

「営業の皆さんは、顧客訪問でお忙しいですもんね」

「そうそう。ここのところ、七月と十二月は毎年憂鬱《ゆううつ》だったんだよ。外に出てる奴らにやらせられないのは分かるけど、何だって営業課長が自ら手書きの暑中《しょちゅう》見舞いや年賀状を取引先に送らなきゃならないんだ」

「まあ、今どき珍《めずら》しいような気もしますけど……」

「珍しいどころの話じゃないよ！　こんなのは昭和の遺物だ。時代は、平成をすっ飛ばしてもう令和だぜ？」

おや、と篠崎は首を伸ばし、葉山課長の手元を覗き見た。数十枚のハガキの束《たば》を持っているようだ。話の内容からすると、営業第二課が担当している重要顧客の社長宛に送る暑中見舞いだろう。

葉山課長が、自分と同じような不満を漏《も》らしているのが意外だった。篠崎と違って、彼は字が上手い。わざわざ新入社員の宇野紘奈に代筆を頼まなくても、挨拶状《あいさつじょう》くらい難なく仕上げられそうなものなのに。

「ちょ、ちょっと葉山課長、声が大きいですよ」

宇野紘奈が慌てて田嶋部長の席を振り返っている。「すまんすまん」と葉山課長が苦笑し、ハガキの束を机の上にぽいと放った。

雑な置き方のせいで、綺麗に重ねられていたハガキが縦《たて》に広がり、篠崎の机にまで押し寄せてきた。

仕方ない、元に戻してやろう——と、そのうちの一枚を手に取る。

手書きの文面が目に入ってきた。

篠崎は思わず息を呑《の》み、目を見開いた。

暑中お見舞い申し上げます。
平素は格別のご愛顧を賜《たまわ》り、厚く御礼申し上げます。

立ち話をしていた二人が、はっとした顔をして、こちらを見た。

「あの……このハガキ……宇野さんが書いたんですか？　葉山課長じゃなくて？」

混乱しながら話しかける。

紘奈は口元に手を当て、目を泳がせた。その横で、葉山課長が困ったように笑い、ガシガシと頭を掻く。

「いやあ、バレちまったか。ごめんごめん」

「え？」

「手書きって大変だよなあ。俺も大嫌いだよ。数行のコメントを書くのでさえ面倒《めんどう》で、毎度チェックマークとハンコで済ませるくらいだし」

「え？　え？」

「はい、これ。今日も誰かさんが、気合いを入れて返事を書いたからな。心して読むように」

葉山課長が、青色のルーズリーフバインダーを手渡してきた。背表紙に、『営業日報　営業第二課　篠崎進』とラベルが貼《は》ってある。

受け取りながら、ちらりと紘奈の顔を見た。

一瞬《いっしゅん》、目が合った。彼女は恥ずかしそうに顔を赤らめ、すぐに目を伏《ふ》せてしまった。

昨日の日報のページを、急いで開く。

上長コメント欄には、大きなチェックマークと赤いシャチハタの印影――そして、暑中見舞いの筆跡とまったく同一の、丁寧で整った文字が並んでいた。

＊

✓ 葉山

正直な気持ちを聞かせてくれてありがとう。ここまで首を突っ込むのはおせっかいかもしれませんが、これだけは書かせてください。

前回のお返事ではさらりと流してしまいましたが、実は、宇野紘奈から聞いていたことがもう一つあります。

それは、「ピアノなんか今すぐやめればいいのに」と言い放った、近所の男の子への思いです。

彼に怒鳴られたとき、宇野紘奈は思わず泣きました。大変なショックを受け、その後引っ越すまで、彼の前に姿を見せようとしませんでした。

君は、その理由を、「あの時点でピアノへの強い思いがあったから」と推察《すいさつ》したのですね。

だからやっぱり、彼女の夢を奪ったのは自分なのではないかと、今でも後悔している。

でも、事実は違います。

彼女は……君のことが好きだったのです。

小さい頃から一緒に遊ぶうちに、いつしか恋心が芽生えていたのです。そんな一つ年上の君に、大きな声で怒鳴られ、突き放された。貧乏だとなじられた。自分が遊ぶ約束を忘れていたせいで、大好きな片想いの相手を激昂《げきこう》させてしまった。彼女が涙を流したのは、ピアニストになりたかったからではありません。単純《たんじゅん》に、君に嫌われてしまったことが悲しかったのです。その場で思わず泣き出してしまうくらい、つらい出来事だったのです。

ですから、もしあのときに君が打ち砕いたものがあるとしたら、それは将来の夢ではなく、幼い彼女が密かに抱いていた恋心だったのでしょう。

これで、君の悩みは解決できたでしょうか。宇野紘奈と話してみろ、などと無理強《むりじ》いするつもりはもうありません。当たり障《さわ》りなく過ごせれば、それはそれでいいのかもしれませんしね。

少しでも君の心が軽くなったなら、僕は嬉しいです。

＊

誰もいない職場の廊下で、篠崎進は宇野紘奈と向き合っていた。

真っ白な肌《はだ》も、黒目がちなところも、慌てると下唇を噛《か》む癖《くせ》も、昔から変わらない。唇に塗られた艶《つや》やかな桃色のグロスだけが、十二年という時の流れを感じさせる。

「これ……全部、紘奈が書いてたんだな」

手元の日報へと目を落とす。「ごめんね」と紘奈がブラウスの裾《すそ》を握った。

「前々から、同じ課の平沼さんにだけ、進との関係のことを話してたの。実は幼なじみで、久しぶりに話してみたいんだけど、避けられてる気がして悲しいって。そしたら、私が知らないうちに、葉山課長に相談してたみたいで……」

「黒幕《くろまく》は平沼さんと葉山課長ってわけか」

葉山くん何とかしてやってよ、と軽い調子で持ちかけたのが営業事務課の平沼さん。自分が筆跡を明かしていないのをいいことに、日報のコメント欄を使って当事者二人に交換日記をさせるという手法を思いついたのが葉山課長。きっと、そういうことだったのだろう。

「乗っかっちゃった私も悪いよ。進が私のことをどう思ってるのかが全然分からなくて……つい、本心を聞いてみたくなって」

今思えば、おかしなことはいくつもあった。

子どもの頃の話だから彼女は覚えていないかもしれないとか、プロになれるのはほんの一握りだからピアノをやめるタイミングが早まっただけだとか。言っていることは間違っていないが、もし赤の他人が書いていたとしたら、宇野紘奈に対してあまりに失礼な文章だ。

切迫早産になってしまった奥さんのために早く帰る日が多いというのに、葉山課長があれだけ詳しい話を聞き出せたというのも、もう少し疑ってかかるべきだった。生活保護を受けていたなどというプライベートな事情を紘奈が簡単に明かしたことや、彼女と一度話してみるよう促《うなが》す文章が毎回のように入っていたことも。

すべて、紘奈自身が書いていたと思えば、納得がいく。

「今だから言うけど……俺も、好きだったんだよ」

「……え？」

「紘奈のことが、さ。だからあんなに感情的になったんだ。たった一度、約束をすっぽかされたくらいで」

「そ、そうだったの」

紘奈が驚いたように目を瞬《またた》く。急に頰《ほお》が熱くなり、篠崎は手元のバインダーを強く握りしめた。

「って、今は違うからな？　あくまで、五年生のときの話だ」

「私だって、四年生のときの話だよ！」

お互い突き放してから、ぎこちなく微笑み合う。十二年ぶりに会う幼なじみの女子とこうやって言葉を交《か》わすのは、妙にくすぐったい気分だった。

「まあ、とりあえず……せっかくお互いの誤解《ごかい》もとけたわけだし、今度、飯くらい行こうか」

「嬉しい。ぜひ行こう！」

「あ、あとさ……コンサートのチラシ、俺も欲しいんだけど」

「え？　来てくれるの？　チケット高いよ」

「いくら？」

「六千円」

「はあ？　そんなにするわけ？」

「嘘だよ。本当は千円」

クスクス、と紘奈が笑う。そういえばこういう奴だったな、と篠崎は昔のことを思い出した。

訪問件数が少ない日に、紘奈とランチを食べに出よう。彼女が全力で打ち込んでいるという、エレクトーンの演奏を聴きにいこう。あとは——業務中、笑顔で会話ができるようになろう。

まずは、ここからスタートだ。

自席に戻ると、葉山課長がうちわで顔を扇《あお》ぎながら話しかけてきた。

「さて、これを機に、部長に進言してみようと思うんだ」

「何をですか？」

「手書き日報の廃止《はいし》について。篠崎もさ、もううんざりだろ」

「……気づいてたんですね」

「まあな。日報を書くときの眉間《みけん》のしわを見りゃ、一目瞭然《いちもくりょうぜん》だし」

そんなに思い詰《つ》めた顔をしていたか、と苦笑する。

今になって、葉山課長に親近感がわいていた。彼が日報に一度もコメントを書かなかったのは、篠崎と同じ不満を抱えていたからだったのだ。報告をろくに読んでいないわけでも、部下を蔑ろにしているわけでもなかった。

目の前に置いた青色のバインダーに、そっと目を落とす。

「でも……廃止となると、なんだか寂《さび》しいような気もしますね」

「何だよ。あんなに嫌そうにしてたのに」

「まあ、それはそうなんですけど」

「不満が解消したなら、現状維持でいいか？」

「いえ、そんなことはないです！　せめてパソコンで入力させてほしいです」

「だよな。じゃ、明日にでも部長を説得してみるとするか」

葉山課長が机の引き出しを閉じ、鞄《かばん》を持って立ち上がった。「お疲れ様です」と篠崎は深く頭を下げる。

「お先に失礼しまーす」と軽い調子で言い残し、彼は颯爽《さっそう》とオフィスを出ていった。


「交かん日記をするときのお約束」
◎読みやすい字で、ていねいに書きましょう。

第七話　夫と妻

私の希望を、快《こころよ》く受け入れてくれてありがとう。

夫婦で交換《こうかん》日記をしたいだなんて、私が急に言い出したものだから、さぞ驚《おどろ》いたでしょうね。

仕事で忙しいあなたにこんなことを頼むのは心苦しいのだけれど、今の生活は、暇《ひま》との戦いなのです。身体《からだ》は元気なのに、ずっとベッドに寝ていなくてはいけなくて……。

座る姿勢《しせい》さえ取ってはいけないので、この文章も横向きに寝ながら書いています。読みにくかったらごめんね。

交換日記を始めるにあたって、一つだけ、お願いごとがあります。

ここに書いたことは、交換日記の外には持ち出さないでほしいのです。

現実世界との間に線を引いて、このノートの中でだけ、今まで話してこなかったようなことを振り返ってみる。

それって、なんだか素敵《すてき》じゃないですか？

うーん、何を書こう？

楽しい会話は普段からいっぱいしているけれど、こうやってあなたと真正面から向き合う機会はなかったので、なんだか緊張《きんちょう》します。

そうだ、私たちが出会ったときのことを振り返ってみようかな。

小学校の頃に教わった恩師《おんし》の、教え子同士。先生が亡くなった事故現場に花を供《そな》えにいって、そこで偶然《ぐうぜん》知り合うなんて、思えば奇跡的な出会いだったよね。友達に話すと、「そんなことってある？」とお決まりのように驚かれます。

先生には、本当にお世話になりました。懐《なつ》かしい思い出がいっぱいあるなあ……。あんなに早く亡くなってしまったことが、本当に悔《く》やまれます。

そういえば、あなたは何年生のときに教わっていたのでしたっけ？

私たちって、先生のおかげで出会い、結婚《けっこん》にまで至《いた》ったようなものなのに、その頃の思い出について詳《くわ》しく語り合ったことがほとんどなかったよね。二人とも、昔話や自分語りを積極的にするタイプではないからかな。

よかったら、この機会にゆっくり話してみませんか？

＊

君に宛《あ》てて、改めてまとまった文章を書くのは、なんだか変な気分だね。よく考えたら、時代が時代だから、手紙さえ書いたことがないし……。うん、確かに緊張するかも。

この交換日記が少しでも暇つぶしになるなら、いくらでも付き合うよ。ただし、ベッドの上で無理な姿勢を取らないよう、十分に気をつけて。身体が元気とはいうけど、点滴《てんてき》の副作用もあるんだろ？　体調が悪いときは、しっかり休むようにね。

ここで話したことは現実世界に持ち込まない、か。面白《おもしろ》いルールだね。まあ、それくらいの制約があったほうが、普段の会話と差別化できて、わざわざ交換日記をする意味が出てくるのかもしれない。

うわ、さっそく気恥《きは》ずかしい話題だな。出会ったときのこと、か。

俺《おれ》が先生に習ってたのは、小四のときだよ。

君も確か、四年生のときって言ってたよね？　ずいぶん前にちらっと聞いたきりだから、うろ覚えだけど。

そう考えると、やっぱり俺たちは、あまり昔話をしてこなかったんだね。仕事の話とか、テレビ番組の話とか、生まれてくる子どもの話とか……普段話すのは、そんなことばかりだもんな。それで十分楽しいし。

いやはや、それにしても、ベッドに寝ながら書いている君より、俺の字のほうが汚《きたな》いのはどういうことだろう……。

明日《あした》書店に寄って、ペン字の本でも買ってこようかな？

＊

白い天井。白いベッド。カードの挿入口《そうにゅうぐち》がついたテレビと、小さな冷蔵庫。二十四時間腕《うで》に繋《つな》がれている点滴の管《くだ》。

顔だけをわずかに持ち上げ、病室をぐるりと見回す。その代《か》わり映《ば》えのなさに失望して、愛《まな》美《み》は深くため息をついた。

今日《きょう》は空一面に厚い雲がかかっているのか、窓から陽光も差し込まない。テレビの天気予報では、午後から降水確率《こうすいかくりつ》が高くなると言っていた。別に外に出るわけではないから、雨が降ろうと降らなかろうと愛美には関係ないのだけれど、こういう日は気分がどんよりとしてしまう。

長期入院には、慣《な》れていたはずだった。

むしろ、急性リンパ性白血病《はっけつびょう》という重い病気を患《わずら》っていたあの頃に比《くら》べれば、切迫早産《せっぱくそうざん》での入院など大したことはないはずだと高《たか》を括《くく》っていた。つばめが丘《おか》総合病院はもはや第二の家のようなものだし、精神的な負担《ふたん》はさほどないはずだ、と。

けれどやっぱり、つらいものはつらい。抗《こう》がん剤《ざい》ほどではないにせよ、子宮収縮《しきゅうしゅうしゅく》を抑制《よくせい》する薬にも動悸《どうき》や身体のだるさといった副作用はある。寝たきりの姿勢を強《し》いられているせいで、身体の節々《ふしぶし》も常に痛む。

何より、あの頃は、まだ外の世界を知らなかった。自分の意思で自由に動き回り、他人と関わり合う喜びを知ってしまった今、狭《せま》い病室に閉じ込められる苦しみは、何倍にも増幅《ぞうふく》して感じられる。

ああ、ダメだ、ダメだ。

気分が落ち込んだときには、突き出したお腹《なか》をゆっくりとさすり、心の中で呼びかけることにしていた。

どんなにつらくても、頑張《がんば》るからね。

再来月《さらいげつ》、あなたが元気に産声《うぶごえ》を上げて生まれてこられるように——。

「おっはよう、愛美！」

病室のドアが開《ひら》き、その隙間《すきま》からするりと背の高い人影《ひとかげ》が現れた。黄緑色のノースリーブに細身のジーンズという、真夏らしい出で立ちをした茶髪《ちゃぱつ》の女性が、手を振りながら近づいてくる。

「あっ、亜里沙《ありさ》！」

愛美は小さく手を振り返し、重い腰《こし》を動かして横向きの体勢になった。

「わざわざごめんね。今日もありがとう」

「そんな、やめてよ。愛美だって、あたしが出産後に入院してたとき、めっちゃ高そうなお菓《か》子《し》を持ってお見舞いに来てくれたでしょ。これはそのお返し」

「でも、何度も何度も……」

「それはいいの。全部図書館で借りてるから、お金かかってないし」

亜里沙は手に持っている青い紙袋を下ろし、「ここでいい？」とベッドテーブルの上に置いた。「こっちはもう読み終わってるよね」と、棚《たな》に置いてあった白い紙袋を手慣れた様子で持ち上げる。

「今日、陽葵《ひまり》ちゃんは幼稚園《ようちえん》？」

「うん。平日だからね」

彼女には、四歳になったばかりの一人娘《むすめ》がいる。土日に子ども連れでお見舞いに来てくれるとき、無機質な病室がぱっと華《はな》やぐ瞬間《しゅんかん》が、愛美は好きだった。もちろん、亜里沙一人でも、愛美の気持ちを明るくするパワーは十分すぎるほどあるのだけれど。

亜里沙との付き合いは、もう二十年以上になる。

出会いは、小学六年生の四月だった。十一歳にして初めて学校というものに通い始め、最初は右も左も分からなかった愛美に、姉御肌《あねごはだ》の亜里沙はいろいろなことを教えてくれた。それからというもの、二人は親友であり続けている。

それだけ長い時間が経《た》ったのだと思うと、妙に感慨深《かんがいぶか》い。病院の建物や設備も古くなるわけだ。

「愛美ってさ、難《むずか》しそうな小説ばっか、よくこんなに読めるよねえ。あたしなんて、ユーチューブとかネットフリックスしか見てないよ」

「普段からこんなに読んでたわけじゃなかったんだけどね。今はとにかく暇だから」

「でも、テレビも見られるんでしょ」

「うーん、朝や夜はいいけど、昼間の番組はあんまり面白くなくて」

「昼ドラとか？　確かに、入院中にドロドロ不倫《ふりん》の恋愛ドラマなんて見たくないかぁ」

亜里沙の言葉に、思わず噴《ふ》き出す。「そんな典型的な昼ドラ、最近やってると思う？」と尋《たず》ねると、「あ、そっか。主婦向けのワイドショーとかか」とあっけらかんとした声が返ってきた。

「不倫といえばさ！　旦那《だんな》さん、大丈夫そう？」

「……え？」

「愛美、言ってたじゃん。旦那さんが不意にそっけなくなることがあるって。夫婦なのに壁《かべ》がある気がするって」

「あ、うん……気のせいかもしれないけどね」

　そういえばこの間、亜里沙にちらりと話したのだった。夫が自分に心を開いているのかどうか、不安になることがある、と。

　ずいぶん前から、薄々《うすうす》感じていたことだった。もしかすると、出会った頃からそうだったかもしれない。夫は人を笑わせるのが上手《じょうず》で、二人きりでいても会話はよく弾《はず》む。ただ、ふとしたときに、彼の内面に深く立ち入るのを拒絶されたように感じることがあるのだった。

「その感覚さ、侮《あなど》れないよ？　女の勘《かん》ってやつでしょ。愛美の旦那さん、めちゃくちゃ人当たりいいし、仕事もできるから、もしかするともしかしちゃうかも」

「ちょっと、やめてよ」

「会社でも、課長に昇進《しょうしん》したんでしょ？　部下の若い女の子とできちゃってたりして」

「もう、脅《おど》かさないでよね。これから子どもが生まれるのに、そんな裏の顔があったら困《こま》るよ」

「ごめんごめん、冗談《じょうだん》だってば。愛美の旦那さんに限って、不倫なんかしないって」

亜里沙はケラケラと声を上げて笑った。愛美もつられて口元を緩《ゆる》め、「まったく、ひどいなあ」と軽く頰《ほお》を膨《ふく》らませてみる。

けれど、心の中では、黒い雲がむくむくとわき上がっていた。

丸みを帯びたお腹に、そっと手をやる。

そう。

亜里沙が言っていることは、まるっきり的外《まとはず》れというわけではない。

この子が生まれてくる前に、あの疑惑を拭《ぬぐ》い去っておかなければ――。

「ってかさ、愛美も大変だよねえ。根っからの仕事人間なのに、五月からずっと入院で、このまま出産まで閉じ込められっぱなしだなんて」

亜里沙の声で、我《われ》に返った。「そうねえ」と相槌《あいづち》を打ち、中途半端《はんぱ》なところで抜けてきてしまった職場に思いを馳《は》せる。

「子どもたち、愛美のことを恋しがってるんじゃない?」

「どうかな? 何も知らずに、新しい担任の先生と上手《うま》くやってると思うけど」

「あれ、教え子ちゃんたちには伝えてないわけ? 赤ちゃんができたのでお休みします、って」

「うん、そうなの。五月に緊急入院した時点では、まだ流産の可能性《かのうせい》があったから。一応、保護者の方々には事情をお伝えするようお願いしたんだけどね」

「あ、そっか。担任してたのって、二年生のクラスだっけ? それじゃ、まだ教えるにはちょっと早いね」

亜里沙は納得した様子で、ふむふむと頷《うなず》いた。

病室のドアが再び開いた。薄ピンク色のナース服を着た、中年の看護師《かんごし》さんが顔を出す。

「葉山《はやま》さーん、ちょっといいですか？」

「……あ、はい！」

「そろそろ、点滴の針《はり》を刺《さ》し直したいんですけど」

「じゃ、あたしはこのへんで」

亜里沙が片手を上げた。「次に借りてきてほしい本のリクエスト、また送ってね！」と言い残し、そそくさと病室を去っていく。

「いいお友達ですね。あの方、しょっちゅう葉山さんのお見舞いに来てくださってますよね」

看護師さんが話しかけてきた。「ええ」と微笑《ほほえ》みながら、愛美は点滴の管が刺さっている左腕を彼女に委《ゆだ》ねた。

結婚して一年以上が経つのに、葉山さん、と呼ばれるのにはまだ慣れない。

おそらく、職場で旧姓のまま過ごしていたからだろう。この病院ではずっと新しい苗字《みょうじ》で呼ばれているけれど、未《いま》だに「葉山愛美」より「井上《いのうえ》愛美」のほうがしっくりくる。フルネームを口に出したときに、言いやすいのも旧姓のほうだ。「井上先生」から「葉山先生」に苗字を変えるのは、次の学校に行ってからでいいかな、と考えていた。

それにしても、四月から受け持ったばかりだったクラスを、一か月と少ししか経たないうちに離れることになったのはショックだった。三月頃がピークだったつわりをようやく乗り越え、産休に入るまではしっかり頑張ろうと自分に言い聞かせていたところだったのに。

発達障害《しょうがい》を抱えていた須賀《すが》晃太《こうた》くんは、元気にしているだろうか。今は夏休みに入っているはずだけれど、一学期中は最後まで楽しく学校に通えただろうか。後任の中津《なかつ》先生が上手くやってくれていることを祈るばかりだ。

ちくりと腕に痛みが走った。さすがベテランの看護師さんだけあって、一発で血管に針を入れることに成功したようだ。手早く処置を終えると、彼女は「はい、お疲れ様」とにこやかに笑って病室を出ていった。

また、一人になった。

相変わらず、窓の外は灰色のままだ。

この生活を、あと二か月は続けなくてはならない。お腹が大きくても自由に動き回れる、健康な妊婦《にんぷ》たちが羨《うらや》ましかった。

やっぱり自分は病弱体質だったのだろうか、と考える。

いや、そんなはずはない。白血病が治癒《ちゆ》してから二十年間、一度も大病をすることはなかったのだ。再発どころか、風邪《かぜ》やインフルエンザにかかることもほとんどなく、早朝から深夜まで働き詰《づ》めの日々をずっと続けてきた。

そもそも、高校生のときに無事初潮《しょちょう》を迎え、三十代前半という年齢でこうして自然に妊娠《にんしん》できたこと自体、骨髄《こつずい》移植《いしょく》を受けた元白血病患者《かんじゃ》としては奇跡的なことだった。

夫には、不妊の可能性を結婚前に告げていた。それでも彼は愛美を選んでくれた。子どもができたと判明した半年前のあの日、二人で泣いて喜びあったのが妙に懐かしい。

「そうだ、続き」

棚に手を伸ばし、銀色の表紙のノートを手に取った。本当は虹《にじ》色がよかったのだけれど、買ってきてくれた亜里沙曰《いわ》く、どこを探しても見つからなかったのだという。

ノートの新しいページを開いた。枕元に置きっぱなしにしていたボールペンを手に取り、横向きの苦しい体勢のまま、一文字目に取りかかる。

交換日記は、人の心を映《うつ》し出す鏡《かがみ》だ。

その鏡に——夫は何をさらけだすだろう？

＊

ペン字の本のくだりは笑ってしまいました。まさか、今ごろ本当に書店に寄ったりしてないよね？　私以外に誰《だれ》が見るわけでもないので、どうか気楽に書いてもらいたいのだけれど……。

本当に懐かしいよね。坂田《さかた》小百合《さゆり》先生。

そうそう、白血病で長期入院をしていた頃にお世話になりました。四年生の冬に骨髄移植を受けるまで、週に二、三回、病室で勉強を教えてもらっていたなあ。一回二時間とはいえ、本当なら三十人から四十人の生徒を一度に相手するはずの学校の先生を家庭教師のように独《ひと》り占《じ》めしていたのだから、今思えば何とも贅沢《ぜいたく》な話です。

私は当時、坂田先生に心から憧《あこが》れていました。

優しくて頭のいい先生は、私にとって、理想の女性そのものだったのです。

先生みたいな綺麗《きれい》な字を書けるようになりたい。病気が治って髪が生えたら、先生と同じ黒《くろ》髪《かみ》ロングヘアにしたい。お花みたいな匂《にお》いのするシャンプーを使いたい。服装は、先生がよく着ている清楚《せいそ》な白いカーディガンやブラウスに、ふわりとした上品な膝丈《ひざたけ》のスカートを合わせて……。

先生にお会いするたび、そんな妄想《もうそう》をしていました。その頃の思いが、今の私に反映されているの、なんとなく分かるかな？

そういえば、私がよく身につけているアクアマリンのペンダントも、実は先生にいただいたものなのです。骨髄移植が成功して退院した後、「先生から、愛美にって」と、母から渡されました。どうやら、「愛美ちゃんが気に入っていたし、アクアマリンには健康運を上げる効果があるから」という理由で、ご自身が使っていたものを私に託《たく》してくれたようでした。

それ以来、このペンダントは私の宝物になっています。

ただ、あとで知ったのですが、アクアマリンというのは三月の誕生石《たんじょうせき》なのだそうです。きっと先生は三月生まれだったから、このペンダントを購入したのでしょう。

おかげで、パワーストーンに興味を持ち始める年頃の女の子たちには、「井上先生の誕生日って三月なんだね」と誤解《ごかい》されることもしばしば。あえて否定はしていませんが、本当は七月生まれだと話したら、いったいどんな反応が返ってくるのでしょうね。

さて、私が自分の受け持ちのクラスで交換日記を推奨《すいしょう》していることは、あなたも知っているよね。

今時、交換日記なんて時代遅れなのかもしれません。「強制するようなものではないでしょう」と保護者から苦情が入ったり、「書くのが面倒《めんどう》！」と子どもに直接文句を言われたりすることも、多々あります。交換日記は、友達同士、特に女子同士で自発的にするもの、というイメージが強いでしょうから、そういった反発が起こるのも当然だと思います。教師の偽善《ぎぜん》や自己満足に見えてしまいがちな側面もあるでしょう。

それでも頑《かたく》なに続けているのは、私自身が、坂田先生との交換日記に救われた経験を持つからなのです。

先生は、当時小中学生の女子の間で流行《はや》っていた交換日記という手段を用いて、私に擬似《ぎじ》的な学校生活を体験させてくれました。どういうことかというと、自分があたかも最近まで普通《ふつう》の学校に通っていたかのような設定で、クラスの友達との思い出についてやりとりするのです。

もちろん、内容は完全な作り話。だけど、長いあいだ病院に閉じ込められていた私にとって、それはかけがえのない経験でした。自分がいずれ通うかもしれない小学校というものが、未知のものから、身近なものになったのです。六年生の四月から初めて学校に通うことになったとき、自分でも驚くほどすんなりクラスに溶け込めたのは、あの交換日記のおかげだったのだと今でも信じています。

また、苦しい治療《ちりょう》に耐《た》えるのに精一杯で、生き延びて大人になることなど考えたこともなかった私に、先生は夢《ゆめ》を与えてくれました。

『階だんを上っていった先に何があるのか。愛美ちゃんはしょう来、何をしたいのか。ぜひ、しっかり考えてみてください』

そんな力強い言葉を、先生は交換日記に書いてくれたのです。

気がつけば、私は小学校教員を志《こころざ》していました。

そして、毎年新年度になると『交かん日記をするときのお約束』なんて紙をクラス全員に配って、子どもたち一人一人の日々の心の動きを文章から必死に読み取ろうとするような、ちょっと変わった教師になっていました。

ほら、こうして整理してみると、なかなか自然な流れでしょう？


一つ、自慢したいことがあります。

先生のお孫さんに、さくらちゃんとすみれちゃんという、双子《ふたご》の女の子がいるよね。

実は、彼女たちの名前は、当時四年生だった私が交換日記の中で作り上げた、架空《かくう》の「お友達」に由来しているのです！

先生からの年賀状で、そのことを知ったときはびっくりしました。（そもそも、お孫さんが生まれるような年齢だったこと自体、意外だったしね。）私との交換日記が、先生にとってもかけがえのない思い出になっていたのかもしれないと思うと、嬉《うれ》しくてたまりませんでした。ね、羨ましいでしょう？　間接的ではあるけれど、私は二十歳にして、可愛《かわい》い双子の女の子の名付け親になったのです。

今から三年半前、そんな坂田さくらちゃんと坂田すみれちゃんが通うつばめが丘小学校への異動が決まったときは、やっぱり緊張しました。市内だから可能性があると分かってはいたけれど、まさか先生のお孫さんが在学しているタイミングで勤務することになるとは思っていなかったので。（そして実際、その後さくらちゃんの担任になって、巡《めぐ》り合わせって本当にあるんだなと感動しましたよ。）

ただ……お孫さんのことがなくても、勤務している間は、毎日身が引き締まる思いでした。

理由はもちろん、分かりますよね。

だって、つばめが丘小のすぐそばには、先生の命を奪った、見通しの悪い交差点があるのですから……。

もう、あれから八年以上経つんだね。

先生の息子《むすこ》さんからご丁寧《ていねい》にお電話をいただいたとき、目の前が真っ白になったのをよく覚えています。年賀状や手紙をやりとりしていた元教え子には全員知らせているという話だったので、ほぼ同じタイミングで、あなたにも連絡《れんらく》がいったのでしょうね。

先生のお葬式《そうしき》で、私はずっと泣いていました。妊娠中だったお嫁《よめ》さんに負担がかからないよう、孫のさくらちゃんとすみれちゃんを連れて近所を散歩している途中、若者が運転していた赤信号無視の車にはねられてしまったなんて。それも、歩行者信号が青になった瞬間に道に飛び出したすみれちゃんを守ろうとして、代わりに先生が犠牲《ぎせい》になったなんて。

いくら可愛い孫のためとはいえ、猛《もう》スピードで走ってくる車の前にとっさに飛び出せる人が、果たしてどれだけいるでしょうか？　言い方が不適切かもしれませんが、亡くなったときのエピソードにまで、先生らしさがにじみ出ているようで……。

容態《ようだい》が急変したのが事故の二か月半後だったということも、正直ショックでした。その間に知らせてくれていれば、一度くらいお見舞いに伺《うかが》うことができたのに、と。

でも、周りに無用な心配をさせまいと気を使うところも、先生らしいのですよね。

亡くなったとき、先生は五十一歳。本当に、若かったよね。

逆算すると、私が教わっていた頃は、三十代後半だったんだなあ。自分の母より年下に見えたから、てっきり三十そこそこだと思い込んでいたのだけれど、子どもの感覚って当てにならないね。

私ももう三十二歳。あの頃の先生の年齢に近づいていると思うと、「もっと立派な教師にならないと！」と焦《あせ》りの気持ちが生まれます。

まあ、今はそれよりも、立派な母になることを優先しないといけないんだけどね。

長々とごめんなさい。ずっとベッドの上で過ごしていると、過去の記憶《きおく》が次から次へとあふれてきてしまうのです。

あなたにも、先生との素敵な思い出があるのではないですか？　よかったら聞かせてくださいね。

あ、一つ忠告《ちゅうこく》です。

私と同じくらい長く書かなきゃなんて、気負わなくていいからね！　きっと、お仕事で疲れているでしょうから。

＊

今日も時間がギリギリになっちゃって、ちょっとしか顔を出せなくてごめん。面会時間が二十時までってのはなかなか厳しいな。配偶者《はいぐうしゃ》なんだから、せめて二十一時か二十二時くらいまで許してくれればいいのに……。

そんなわけで、ペン字の本は結局買えなかったよ。明日にでもリベンジかな！

……と、冗談はこれくらいにして。

そうか、君の場合は、病気で入院していた期間にかぶってたんだな。

つまり先生は、学校でクラスの授業を終えた後、放課後には病院に出かけて君だけのために個別授業をしてたってこと？　いやあ、さすがだね。最近は病気だけじゃなく、不登校なんかの問題でそういう需要《じゅよう》が増えてそうだけど、すべての教師ができることじゃないだろうな。やっぱり坂田先生はすごいよ。心から尊敬《そんけい》する。

というか、君が先生に憧れて小学校教員になったのは知ってたけど、まさかそこまで真似《まね》してたとは！

髪型や服装、アクセサリーだけでなく、なんとシャンプーへのこだわりまで……。いつかドラッグストアで俺が間違ったシャンプーを買ってきたときに怒《おこ》ってたのは、そういうことだったのか。数か月越しに謎《なぞ》が解《と》けました。

クラスの子たち全員と交換日記をするというアイディアが生まれたのも、先生との交流がきっかけだったんだね。いくら君が仕事熱心とはいえ、ずいぶんと手間のかかることをするな、と密《ひそ》かに首を捻《ひね》っていたのだけど、ようやく腑《ふ》に落ちたよ。（小学四年生の君が書いた交換日記が、先生のお孫さんの名前の由来にまでなったとは、驚いた！）

そんな君のまっすぐな思いは、きっと生徒たちにしっかり届いていると思うよ。いじめの相談を受けたり、家庭での虐待《ぎゃくたい》が明らかになったり、発達障害を持つ子との距離が縮《ちぢ》まったりと、交換日記が役に立ったことは、今までに何度もあったんだろ？

つい半年前くらいには、先生が亡くなったあの交差点にわざと飛び出して、トラックに轢《ひ》かれかけた子がいたよな。交換日記で自殺をほのめかされて、君がものすごく悩んでいたことはよく覚えてる。その子が無事卒業して、君に楽しそうな近況報告のメールを送ってくるまでになったのは、交換日記を通じてきちんと心を通い合わせたおかげなんじゃないか？

君はすでに、十分すぎるほど立派な教師だよ。

そして、立派な母親にもなれそうだ。

心配なのは俺のほうだな。生まれてくる娘に「パパの役立たず！」って嫌《きら》われないよう、今から気をつけないと。

うん……先生があの若さで亡くなったのは、本当にショックだったよな。

俺は君と違って、四十人近くいるクラスの一人としての付き合いだったから、先生にしてみれば君ほど思い入れのある生徒ではなかっただろうけど……それでも悲しかったよ。こっちは勝手に先生を慕《した》ってたわけだからね。

優しくて、心が大草原のように広くて、ちょっぴりお茶目《ちゃめ》なところもあって。そんな先生のことが大好きだったな。

交換日記も、なんだか懐かしいよ。髪型や服装だけでなく、文章で人の心を解《と》きほぐしていくという得意技《とくいわざ》も、君は先生からしっかり受け継いだんだろうね。

先生とよく似ている、いかにも小学校教師らしい君の字を見ていると、何とも言えない感情がわき上がってくるな。

面会時間が短かったお詫《わ》びに、君と同じくらいの分量を書くぞ！　と気負ってみたんだけど、半分くらいしか書けなかった……。ごめん。

明日は定時に上がれるように頑張るよ。帰り際《ぎわ》に部長に捕まらなければ、何とかなるはずだからさ。妻が切迫早産で入院中ってことは再三伝えてるのに、「ワークライフバランス」なんてカタカナ語はちっとも理解できないんだろうな、あの昭和三十年代生まれの部長は！

＊

病室の入り口に、患者の名前が表示された液晶《えきしょう》パネルがある。最近はこういうところまでハイテクなんだな――と、妻の名前を指でなぞりながら葉山は感心する。

勤務先であるオフィス家具の販売会社は、未だ昭和の時代を引きずっていた。勤怠《きんたい》管理は昔ながらの紙のタイムカードで行われ、営業マンたちは取扱《とりあつかい》製品のパンフレットがぎっしり詰まった重い鞄《かばん》を持ち歩く。稟議《りんぎ》や押印《おういん》の電子化など、夢のまた夢だ。二週間前にようやく手書き日報が廃止《はいし》されたのは非常に喜ばしい出来事だったが、これもまだまだ小さな一歩に過ぎない。

『葉山愛美様』

この表示を見るたびに、責任が肩にのしかかる。井上愛美という一人の女性の人生を半分預《あず》けられたのだと、改めて実感する。そして、時たま不安にもなる。本当に、自分のような人間が彼女の夫になってよかったのか、と。

ドアを軽くノックして、病室に足を踏《ふ》み入れた。面会者を待ち侘《わ》びていたのか、カーテンは開いていた。手前のベッドに横たわっている妻が、くるりと顔をこちらに向け、愛らしい笑顔を浮《う》かべる。

「今日は早かったね」

「死ぬ気で定時ダッシュしたよ。部下には悪いけど」

ベッド脇《わき》の丸椅子《いす》に腰を下ろし、鞄から銀色のノートを取り出した。小学生が好みそうなキラキラした表紙のこのノートは、妻の親友が買ってきてくれたのだという。妻の趣味《しゅみ》に合うとはとても思えないが、鞄の中で見つけやすいのはありがたい。

「もう書いてきてくれたんだ」

「じゃなきゃ、がっかりするだろ?」

「そんなことないってば」

と言いつつ、妻は顔をほころばせてノートを受け取った。パラパラとページをめくってから、枕元《まくらもと》に置く。

「ねえ、私って何歳に見える?」

「へ? 突然どうした」

「今日初めてお会いした二十代半ばくらいの看護師さんにね、『てっきり同い年くらいかと思いました!』って言われたの。患者をいい気持ちにさせるための社交辞令だったのか、それとも本心だったのか、どっちかなあって」

「うーん、さすがに二十代半ばは無理があるだろうけど……確かにまだ三十代には見えないかもな。どちらかというと小柄《こがら》で童顔だし」

「本当? 嬉しい! 学校でもね、子どもたちによく年齢を訊《き》かれるんだけど、だいたいみんな二十代後半って予想してくるの。中には、『二十四歳?』なんて言ってくれる子もいるんだよ」

「それは最高だな。で、本当の年齢は教えないわけ?」

「教えない。だって、損《そん》するだけだもの」

妻が悪戯《いたずら》っぽく笑った。「そりゃそうか」と葉山も一緒になって微笑む。

「そういえば、職場の人たちに君の写真を見せたとき、『若いお嫁さんをもらったんですね』って何人にも言われたな」

「実際は、ちょっとしか違わないのにね」

「俺の二つ年下ですよ、って答えたら、みんな驚いてた」

「えー、わざわざバラさなくてもよかったのに」

「ごめんごめん、つい」

頭を掻《か》いて謝《あやま》りながら、これからの人生に思いを馳せる。

葉山が三十、妻が二十八のときに出会い、三十三と三十一のときに結婚した。今後は、三十四と三十二で親になり、子どもが小学校低学年の頃にはお互い四十路《よそじ》に突入。成人を迎えるときは、もう五十代前半だ。

長い子育てが、これから自分たち夫婦を待ち受けている。

その時間を、ずっと幸せに、平穏《へいおん》に過ごしていくことができるだろうか。

少し前までは、絶対的な自信があった。たまに些細《ささい》な喧嘩《けんか》こそすれ、妻とは穏《おだ》やかな日々を送っているし、葉山は子ども好きを自負している。絵に描《か》いたような理想的な家庭を築いていけるはずだと、心の底から信じていた。

枕元に置かれた、天井の光を受けて輝《かがや》く銀色のノートへと目をやる。

葉山の楽観的な展望に影《かげ》を落としたのは、この交換日記だった。

妻は、探りを入れようとしているのではないか。

あのことに、薄々感づいているのではないか。

そうでなければ、夫婦間で交換日記をやろうなどという不自然な提案《ていあん》を、唐突《とうとつ》にしてくるはずがない――。

「どうしたの？　何か気になることでも？」

妻が枕元の交換日記を取り上げた。葉山は慌《あわ》てて首を左右に振り、「ちょっとね、部下のことを考えてたんだ」と言い訳をした。

「この間、話したろ？　手書きの営業日報を交換日記みたいに使って、若手社員二人を仲直りさせることに成功したって」

「ああ、そのことね。篠崎《しのざき》さんと、宇野《うの》さんだっけ」

「よく覚えてるな」

「だって、あなたが得意げに何度も話すんだもの」

「得意げにってほどでは……所詮《しょせん》、ただのおせっかいだからな」

「でも、よかったじゃない。その二人、上手くいってるみたいなんでしょう？」

「ランチを食べに出かけるのがたびたび目撃されてるよ。宇野ちゃんファンの男性社員たちが阿鼻叫喚《あびきょうかん》してる」

「あなたもその中の一人だったりして」

「なわけないだろ。俺には、君という素晴らしい妻がいるんだから」

そう言ってしまってから、さすがにわざとらしすぎたか、と反省した。案《あん》の定《じょう》、妻は訝《いぶか》るような目でこちらを見ている。すべてを見透《みす》かされているかのようで、思わず背筋《せすじ》が伸びた。

「私が学校でやっている取り組みを思い出して、宇野さんに提案してくれたんでしょう？　あなたの職場で少しでも役に立ったなら、私も嬉しいわ」

「うん。君には感謝してるよ」

その言葉を最後に、しばらく会話が途切れた。妻は普段、それほど口数が多くない。入院中は人恋しいのか、葉山が病室に顔を出すと目を輝かせて喋《しゃべ》り始めるものの、やがてその勢《いきお》いは収束する。そんなときに新しい話題を提供するのはこちらの役目だったが、今日はなかなか思いつかなかった。

「テレビでもつける？」

妻が棚へと手を伸ばした。気まずい沈黙《ちんもく》に耐えられなくなったのかもしれない。

「俺がやるよ」

不自由な姿勢を強いられている妻の代わりに、リモコンを手に取ってテレビの電源を入れた。ちょうどCM中だったのか、今夜のドラマの番宣が流れていた。タイトルだけ、ネットの記事で見た覚えがある。何組かの夫婦の不倫を題材とした、ドロドロの愛憎劇《あいぞうげき》のようだった。

『その秘密《ひみつ》、墓場まで持っていく覚悟《かくご》は？』

真っ赤な口紅をつけた妙齢《みょうれい》の女優が画面に大写しになり、テロップが大きく表示された。

その瞬間、葉山はドキリとして動きを止めた。

横から、妻の視線を感じる。目を合わさないように気をつけながら、リモコンをそっと棚に戻し、丸椅子に再び腰を下ろした。

怪しまれている？

いや——気のせいだと思いたい。

冷《ひ》や汗《あせ》が出てきた。ポケットからハンカチを取り出し、額《ひたい》に当てる。

あの秘密が白日《はくじつ》の下《もと》にさらされたとしたら、妻と自分の関係は、いったいどうなってしまうのだろう。

考えるのも恐《おそ》ろしかった。勇気を振り絞《しぼ》り、妻の横顔を盗《ぬす》み見る。彼女は、何食《なにく》わぬ顔で無音のテレビを見つめていた。

「喉《のど》が渇《かわ》いたな。お茶、取ってくるよ」

そそくさと立ち上がり、病室のドアへと向かった。

分かっている。不都合なことから逃げ続ける自分が、どうしようもなく惨《みじ》めだということは。

＊

昨夜は、あなたが早く来てくれたので楽しかったです。おかげで、面会時間中、退屈《たいくつ》せずにすみました。部長を振り切って退社してきてくれてありがとう。

ところで、あなたも小学生の頃、先生と交換日記をしていたんだね。特別扱いしてもらっていたのは私だけかと思っていたので、意外でした。どんなことをやりとりしていたのですか？差し支えなければ教えてください。

今日は爽《さわ》やかな晴れですね。窓際のベッドではないので空がよく見えないのだけれど、雲一つない快晴だとニュースで言っていました。湿度もそれほど高くないようなので、暑がりのあなたは安心しているかな？

こういう天気の日には、私たちが出会ったときのことを思い出します。

坂田小百合先生が亡くなって、丸四年が経つ日。私が先生の命日にあの交差点を訪れるのは、四回目のことでした。

六月にしては珍《めずら》しく、からっと晴れた日だったよね。五時ぴったりに学校を出たとき、まだ空が昼間みたいに明るくて、驚いた覚えがあります。

お花屋さんに寄り、バスを乗り継いでようやくあの交差点に辿《たど》りつくと、そこにあなたが立っていました。お互いに花束を抱えたまま、挨拶《あいさつ》をしましたね。

「先生とは、どういう？」と、先に訊いてくれたのはあなたでした。「小学生の頃に教わっていたんです」と答えると、「ああ、僕もです」と微笑んでくれましたね。

あの場所で、ご親族以外の関係者に会ったのは初めてのことでした。病室という閉ざされた空間でしか先生に会ったことがなかった私にとって、自分と同じ立場である他の教え子との出会いがどれほど嬉しいものだったか、想像がつくでしょうか？

「もしお時間あれば、お茶でもしませんか」

私がそう尋ねたとき、びっくりした顔をしていましたね。実を言うと、私も動揺《どうよう》していたのです。先生の教え子同士とはいえ、数分前に会ったばかりの男性を、なんと自分からお誘いしてしまったわけですから。

でも、あなたは「いいですよ」と優しく頷《うなず》き、喫茶店《きっさてん》までついてきてくれました。もしかすると、私に恥をかかせまいとしたのかもしれませんね。

今でも申し訳ないと思っているのは、自分から声をかけたくせして、先生との思い出を曖昧《あいまい》にしか語れなかったことです。白血病で長期入院していたことを初対面の男性に言うのはさすがに憚《はばか》られたので、「今から十九年前、小四のときに教わっていた」くらいの情報しか口にすることができませんでした。「僕も小四のときです。君より年上だから、時期は違うけど」とあなたがせっかく親切に答えてくれたのに、私が緊張して黙《だま》り込んでしまったためにろくに話を掘り下げられず、ひどく困らせてしまったことと思います。

そんな私との会話を、あなたは一生懸命《けんめい》盛り上げてくれましたね。どうしてもしんみりしてしまう先生の話題をすぐに離れ、お互いの仕事や、世間を騒がせているニュース、最近見た面白いテレビ番組の話まで。そのおかげで、私もすぐに自分を取り戻し、にこやかに話せるようになりました。

なんてお喋り上手で気遣《きづか》いのできる方なんだろうと、私はさっそくあなたに惹《ひ》かれ始めていました。あなたが小学校教員にはあまりいないタイプの男性だったのも、新鮮に思えた理由の一つだったかもしれません。

だから、帰り際にあなたが「よかったらまたお会いしましょう」と連絡先を訊いてくれたとき、内心では跳《と》び上がるほど嬉しかったのです。

その後、三回ほどデートを重ね、あなたから交際の申し込みを受けましたね。これほど一緒にいて楽しい男性はいないと感じていたので、あなたも同じ気持ちでいてくれたのだと思うと、天にも昇《のぼ》る心地でした。

そんなあなたに、子どもの頃に白血病を患っていたことを打ち明けようと決めたときは、前日の夜から手の震《ふる》えが止まりませんでした。抗がん剤で卵巣《らんそう》機能が低下し、妊娠できない身体になった可能性があると知ったら、子ども好きのあなたは私から離れていってしまうのではないかと恐れたのです。

「そんな理由で君のことを見放したりしないよ。もし子どもができなかったら、養子をもらえばいいじゃないか。それだけのことだろ？」

あのときのあなたの言葉を、私はこれから先、一生忘れないと思います。


そして去年、私たちは結婚しましたね。

挙式《きょしき》後すぐ、お腹に新しい命も宿りました。

あまりに幸せなことが続きすぎて、どこかで急に崖《がけ》から突き落とされるのではないかと、たまに怖《こわ》くなります。もちろん、そんなことが起きては困るのだけれど……。

ごめんなさい。一人でいる時間が長いせいか、マイナス思考になりがちのようです。

昼間には両親や亜里沙が来てくれるし、あなたも仕事を早く切り上げて毎日のように顔を出してくれているのだから、もっと気を強く持たなくてはなりませんね。「ストレスはお腹の赤ちゃんに悪影響《あくえいきょう》ですよ」って、看護師さんにもよく言われます。

お互い、悩みがあれば、この交換日記上で相談しあいましょうね。仕事のトラブルでも、人間関係のことでも、何でも聞くからね。

今回君が書いた内容を読んで、思わず仰《の》け反《ぞ》ったよ。交換日記の中で話したことを現実に持ち込まない、というルールはすごいね。君は普段こういう甘ったるい話を一切《いっさい》しないのに、ここには簡単に書けてしまうわけだ。いやはや、まるで魔法みたいだな……。

嬉しい言葉をたくさん、本当にありがとう。出会った頃のことを思い出して、俺も懐かしい気持ちになったよ。

＊

うんうん、あれはいい天気の日だったね。

あそこで君と出会ったのは、すごい偶然だったと思う。

俺も毎年、先生の命日にはあの交差点に足を運んでいたけど、いつもは昼間に行ってたんだ。でも、あの日は午前中にお客さんからクレームの電話がかかってきて、とてもじゃないけど仕事を抜け出すどころの騒ぎじゃなくなった。それで夕方にずれ込んだんだ。

俺も先生の教え子だと打ち明けた途端《とたん》、君が妙に積極的になって、お茶にまで誘われたのは確かに驚いたね。でも、恥をかかせないようにしようとか、そういう消極的な気持ちでついていったわけじゃないよ。

小学生の頃にお世話になった先生を今でも慕っていて、仕事帰りに花を供えていくような女性と、俺も話してみたくなったんだ。悪い人のわけがないし、むしろ先生のことが大好きだった自分と気が合うかもしれない。挨拶だけしてさよならするのはもったいないと、俺も同じように思ったんだよ。

ま、正直言って、君が若くて綺麗だったというのも少しはあったかな！ 年齢がさほど離れていなかったのは予想外だったけどね。（怒らないでくれると嬉しい。年下の女性にお茶に誘われたら、大抵の男は俺みたいに舞い上がるはずだよ。）

そうか……あのとき君が先生との関係について話しづらそうにしてたのは、病気のことを気にしていたからだったんだね。そりゃ仕方ないよ、初対面の俺なんかに言えるわけがない。すぐに全然別の話題で盛り上がれたわけだし、結果オーライだったんじゃないか？ 不謹慎《ふきんしん》な言い方に聞こえるかもしれないけど、あのまま先生の追悼《ついとう》に終始していたら、俺たちがそれ以上の関係になることはなかったかもしれないしね。

それにしても、君がそれほど俺のことを思ってくれていたとは知らなかったな……。交際や結婚を申し込むとき、ちゃんとOKをもらえるかどうか、こっちは直前までビクビクだったんだぜ？ 君はいつも、俺のどうでもいい話を面白がって聞いてくれるけど、内心では面倒臭《くさ》がってるんじゃないかって怖かったから……。

君と結婚し、子どもを持つという未来を迎えられて、俺もこの上なく幸せだよ。

俺の本心をこれほど赤裸々《せきらら》に打ち明けたのも、たぶん初めてじゃないか？ いやあ、こっぱずかしい！

＊

本心──なのだろうか。

夫が書いてきた交換日記を読んで、まずそう思ってしまった。

彼の明るい言葉を素直に受け取れない自分に、嫌気《いやけ》がさす。だけど、何度読み返しても、その感想は変わらなかった。

前回の交換日記に愛美が書いたことは、いくつかあった。質問や、それに近い呼びかけも交ぜておいた。ただ、意図的なのか、ただ単に忘れてしまったのか、夫は出会った日のエピソードにしか触れていない。

やましいことがあるから？

秘密がバレるのを恐れているから？

一日中ベッドの上で動かずにいると、壁についた黒いシミ程度だったはずの疑惑が、どんどん大きくなっていく。

これまでにも、あれ、と首を傾《かし》げるようなことは何度かあった。そのたびに、悪い予感を心の奥底に封じ込めてきた。愛する恋人、今や夫。彼との良好な関係を持続させるために、ふと察知してしまった違和感に気づかないふりをした。

「でも……もう限界だよね」

相部屋の患者たちに聞こえないよう、口の中で小さく呟《つぶや》く。

「決定的な証拠が、手に入っちゃったんだもの」

時刻はすでに午後七時半を回っていた。病室は賑《にぎ》やかな声で満ちている。愛美と同じ理由で入院している他の妊婦のところには、家族が面会に来ているようだ。

夫はまだ現れなかった。今日も、部長に捕まってしまったのだろうか。

スマートフォンを手に取り、通知を確認する。新しく届いていたのは、夫からのメッセージではなく、大杉寧々香《おおすぎねねか》からのメールだった。

『英語って超ムズイね！ 小学校でやってたレベルと全然違うんだけど。もっと文法とか単語をちゃんと教えてくれれば、中学になってから苦労しないのにさ～』

これはこれで微笑ましい。長い入院生活で荒《すさ》んだ心に、潤《うるお》いを与えてくれる。

交換日記の代わりにメールで近況報告をしてくる卒業生は、寧々香以外にもたくさんいた。そのほとんどが、時間が経つうちに愛美のことを忘れていき、大人の階段を上っていく。少し寂《さび》しい気もするけれど、縁《えん》の下の力持ちとして彼らの成長を手助けするくらいが、小学校教師の役割としてはちょうどいいのだろう。

あとできちんと返信するからね、と心の中で大杉寧々香に呼びかけ、スマートフォンを枕元に戻した。

その横には、銀色のノートが置いてある。

交換日記を夫に手渡す準備は、とっくに整っていた。

半日かけて、考えに考えて書いた文章。「悩みがあれば、この交換日記上で相談しあいましようね」とさりげなく告白を促《うなが》したにもかかわらず、なおも平然と嘘《うそ》をつき続ける夫への、最後通牒《つうちょう》のつもりだった。

　夫婦の絆《きずな》を壊《こわ》しかねない一歩を、愛美はすでに踏み出してしまっている。

　急に不安に襲《おそ》われ、膨らんだお腹を撫《な》でた。まだ見ぬ我が子に、小さな声で語りかける。

　大丈夫だからね。

　あなたのことは、私が責任持って育てていくから。

　これから先、何が起こったとしても――。

　病室のドアが勢いよく開く音がした。驚いて顔を上げると、夜だというのに顔中に汗をかいている夫が立っていた。

「ごめん、遅くなって。またギリギリになりそうだったから、走ってきたんだ」

「大丈夫？　忙しかったなら、そんなに無理しなくてもよかったのに」

「またそうやって君は強がる。ずっと一人でいると、マイナス思考になってストレスが溜《た》まるんだろ？　少しでもその時間を減らすくらいしか、俺にできることはないからさ」

　そう言うなり、夫ははっと口元に手を当てた。

「あ、しまった。今のは、交換日記の中に書いてあったことだったか」

「うん、そうね」

「じゃ、前言撤回《てっかい》。現実に持ち込まない約束だもんな。まあとりあえず、お菓子でも食べようよ。お盆に帰省した社員たちが買ってきたお土産《みやげ》が余りまくっててさ、いくつか君が好きそうなのをかっぱらってきたんだ」

「ありがとう。たくさん食べると太っちゃうから、ちょっとにしようかな」

ハンカチで顔を拭《ふ》いてから鞄を開《あ》け始めた夫を、じっと見つめる。

この関係も今日で終わってしまうかもしれないと思うと、両手がひどく震えた。白血病を患っていた過去を初めて明かしたときと、今の心境はよく似ている。

午後八時までの短い時間を、夫が持ってきたお菓子をつまみながら過ごした。夫が繰《く》り広げる他愛《たわい》もない話が、いつにも増して愛《いと》おしかった。

愛美の願いも虚《むな》しく、面会終了時刻はあっという間に迫《せま》ってきた。

「はい、これ」

「サンキュ。また明日、返事を書いて持ってくるよ」

夫がにっこりと微笑み、銀色のノートを受け取って鞄にしまった。その朗《ほが》らかな笑顔は、愛美が今日書いた文章を読んだ途端、跡形《あとかた》もなく消えてしまうのだろう。

「じゃ、ゆっくり休むんだよ。おやすみ」

「おやすみなさい」

去っていく夫に向かって、ゆっくりと手を振った。その姿がドアの向こうに見えなくなろうとする直前、愛美は思わず彼を呼び止めた。

夫が驚いたように振り向き、ドアの隙間から顔を出す。

「どうした？」

「……ううん、何でもない。ごめんね、おやすみなさい」

「そうか。おやすみ」

夫の姿が、今度こそ廊下《ろうか》へと消える。ドアが音もなく閉まるのと、愛美の目から大粒《おおつぶ》の涙《なみだ》がこぼれるのは、ほとんど同時だった。

ごめんなさい。これほど先生に関する話題を振り続けても、あなたが一向に本当のことを打ち明ける様子がないので、もう私から訊いてしまうことにします。

＊

あなたは、坂田先生の教え子ではないですよね？

何かが噛《か》み合わないという思いは、ずっと抱いていました。矛盾《むじゅん》に気づきかけたこともありました。そのたびに、あなたが私を騙《だま》すようなことをするはずがないと信じ、疑いの気持ちを封じ込めるよう努《つと》めてきました。

だけど、やっぱりおかしいのです。

あなたは、小学四年生のときに先生のクラスに所属していたと言っていましたね。出会った当初に聞いたきりだったので、記憶があやふやだったのだけれど、この交換日記の中で改めて確認したところ、覚えていたとおりの回答が返ってきました。

『君も確か、四年生のときって言ってたよね？』と、あなたは問い返してきましたね。その質問に、はっきりと答えなくてごめんなさい。正確に言うと、私が先生に習っていたのは「四年生のとき」ではなく、「四年生まで」です。

長期入院していた一年生から四年生までの間、私は坂田先生に勉強を教えてもらっていました。出会った頃に白血病のことを隠していた関係で、きちんと説明していなかったかもしれないけれど……。

あなたより二つ年下の私は、あなたが四年生のとき、二年生。

つまり……私たちが先生に教わったとしている期間は、重なっているのですよね。

先生が週に二、三回、病室を訪問して勉強を教えてくれていたと書いたとき、あなたはこう反応しました。『つまり先生は、学校でクラスの授業を終えた後、放課後には病院に出かけて君だけのために個別授業をしてたってこと？　いやあ、さすがだね』と。

実は、私も長い間、同じように考えていたのです。

私が二年生だったとき、坂田先生は公立小学校で四年生のクラスを受け持っていて、授業の合間に私の元に足を運んでくれていたのだと。普通学級の担任業務のみならず、空《あ》き時間に病児の訪問教育まで行う、スーパーマンのような先生だったのだと。

自分が勤務してきた小学校ではまだそういったケースを見たことがないけれど、もし対象となる児童がいた場合には、誰かが同じように特別の対応を取ることになるのだろうと。そう思っていました。

……でないと、あなたが言っていたことと辻褄《つじつま》が合いませんからね。

この考えが間違っていたと判明したのは、今から二か月ほど前、お見舞いに来てくれた母と雑談をしていたときのことです。

「そういえば、礼二《れいじ》さんは子どもの頃、どんな病気で入院していたの？」

いつも仕事で忙しくしていて、ろくに実家に帰ろうともしなかった私と、久しぶりにゆっくりと語り合う時間が作れたからでしょうか。母が突然、そんなことを訊いてきたのです。

「デリケートな話題だし、病気をしていたのはお互い様だろうから、今まで訊けなかったんだけど」と弁解する母の前で、私は首を傾げました。

変な質問だな、と思ったのです。「礼二さんは病気なんかしたことないよ」と答えると、母は怪訝《けげん》そうな顔をしました。そして、こう言いました。

「礼二さんって、愛美の二つ年上だったわよね。あなたたちが小学生だった頃、坂田先生はずっと、病児の訪問教育に専念されていたのよ。小学校勤務に戻ったのは、愛美が退院した後のこと。だから、先生の教え子というのなら、礼二さんも愛美と同じように、長期入院をしていたことがあるはずよ」と。

母が帰宅した後、私は慌てて、訪問教育の仕組みについて調べました。そして、自分がずいぶんと都合のいい思い込みをしていたことを知りました。

大学で専門の免許を取得しなかったから、というのはただの言い訳ですね。私は小学校教員であるにもかかわらず、特別支援教育に関する知識をあまりに持ち合わせていなかったのです。

病気のために長期間学校に通うことができなくなった児童は、基本的に、特別支援学校に転学することになるそうです。養護学校、と言い換えたほうが分かりやすいでしょうか。

養護学校の中には、障害を持つ児童のクラスがいくつもあり、それぞれに学級担任がいます。それと同様に、訪問教育担当の教員もいるのです。そういった専門の先生方が、受け持ちの児童が入院している病院や家庭を回り、個別に指導を行います。

もちろん、入院が断続的な場合や、期間が読めない場合などは、元の学校で対応を続けることもあるようです。あなたの言ったとおり、不登校児童への対応と似たような形ですね。

ただ、ここで重要なのは、当時坂田先生は養護学校の教員だった、ということなのです。その後長らく公立小学校で勤務されていたようですが、少なくともあの時点では。

そうすると……小四のときに先生に習っていた、というあなたの言葉には、疑念が生じます。

それはそうですよね。子どもの頃に長期入院していたなんて話は、あなたの口から一度も聞いたことがありませんでしたから。

念のため、探りを入れたりもしてみました。「お医者さんに訊かれたんだけど、大きな病気の既往歴《きおうれき》はないよね？　お腹の赤ちゃんに影響があるかもしれないから、カルテに記載しておきたいんだって」なんて質問をしたこと、覚えていますか？　あなたの返事は、「ないよ。俺は至って健康体。入院さえ未経験だし！」というものでした。

それで、確信したのです。

小学生のときに坂田先生に教わっていたというあなたの言葉は、真っ赤な嘘だったのだと。

私と出会ったあの日、あなたは何らかの理由で、自分の立場を偽《いつわ》らざるをえなかったのだと。

四年前のあの日、あなたは一人で交差点を訪れ、事故現場に花をお供えしていました。

先生の親族だったのなら、そう言えばいい話です。年齢差からして、友人や知人ということはないでしょう。そしてあなたは、先生の教え子でもなかった。

となると、選択肢《せんたくし》は一つしかありません。

確か、交通事故の加害者となった若者は、当時二十五、六歳。

あなたの年齢と、ぴたりと一致《いっち》しますよね。

もしそれが真実なのだとしたら、私はあなたを許すことができません。

信号を無視して、横断歩道を渡っている三歳児を轢きそうになって……助けに飛び出した先生をはねて、死なせて……すみれちゃんの顔にも、一生消えない傷を残して。噂《うわさ》では、示談《じだん》交渉や裁判で相当《そうとう》にごねて、先生のご親族を困らせたとも聞きました。

いくら過失だったとはいえ、そんな取り返しのつかないことをした人が、教え子を名乗る権利はないと思います。突然私と出会って動揺したのかもしれないけれど、そんな嘘をつくのは、亡くなった先生に対してあまりに不誠実です。

もちろん、あなたを信じて結婚し、子どもまで作った私に対しても。

この推測が、何から何まで間違っていればいいのにと、今でも思っています。

まずは、あなたの口から、説明してもらえませんか。あなたがどういう気持ちで私と出会い、親交を深め、結婚しようと思ったのか……。

どうか、本当のことを教えてください。

＊

朝の光が、灰色の雲の間から降り注いでいる。晴れと曇《くも》りのどちらにでも転《ころ》びそうな空の下で、黄色い帽子《ぼうし》をかぶった小学生が、ぞろぞろと横断歩道を渡っていく。

友達と楽しそうにお喋りをしている子。ランドセルを揺らしながら校門へと走っていく子。中には、通学路に佇《たたず》むスーツ姿の会社員に不審《ふしん》そうな目を向ける、警戒心の強い子もいる。

葉山礼二は、二か月ぶりに、事故現場の交差点に立っていた。

ここに来ると、八年半前のことを鮮明に思い出す。

突然飛び出してきたように見えた、幼い女の子。彼女が着ていた、菫《すみれ》色のトレーナー。横《よこ》沢《さわ》の太い叫び声。タイヤがきしむ音と、全身を襲う衝撃《しょうげき》。エアバッグの破裂音《はれつおん》。まるで人形のように、呆気《あっけ》なく宙《ちゅう》に飛んだ先生。その瞬間に見えた、長い黒髪――。

六月にここを訪れたときも、冷や汗が止まらなかった。地面に花束を置き、じっと目をつむって両手を合わせながら、自分の心臓がバクバクと音を立てるのを聞いていた。

右手に持っていた鞄を両手で抱え込み、胸に押しつける。中には、昨夜彼女から預かった、銀色の表紙のノートが入っていた。

先生。

――と、葉山はアスファルトの地面を見つめ、頭の中で必死に呼びかける。

先生。力をください。

僕はまた、罪を犯《おか》しました。

先生の大事な教え子に、嘘をつきました。

僕も、先生の教え子になりたかったのです。

その思いが先走ってしまったのです。

お願いです。

どうか、僕から愛美を取り上げないでください——。

*

まずは……これまで、君を騙していたことを謝ります。本当にごめん。謝ったからといって、簡単に許されるようなことではないのだろうね。それくらい罪深いことを、俺はしてしまいました。

未練がましい言い訳はしません。

ただ、一つだけ、君の推測を訂正《ていせい》してもいいかな。

先生を車ではねた加害者の名前は、横沢伊吹《いぶき》といいます。八年以上も前のことだから、ネット上には記事が残っていないのかもしれないね。君が退院した後、図書館かどこかで当時の新聞を当たってもらえれば、その名前に辿りつくと思います。そして、あの事故の加害者が酒気《しゅお》帯び運転をしていたということも。

彼は、俺の大学時代のサークル仲間です。事故が起きたのは、共通の友人宅で夜遅くまで飲み会をした翌朝、横沢が俺を家まで送っていく途中のことでした。

先生をはねた車の、助手席に乗っていたのが、俺です。

先生の死に目に会えなかった君にこんなことを言うと、当てつけに思われるかもしれないけど……先生が事故に遭ってから亡くなるまでの二か月半の間、俺は数えきれないほど、先生が入院していた病室へお見舞いに行きました。

そのときにやりとりした交換日記を、クローゼットの奥から引っ張り出してきたので、このノートと一緒に君に渡します。俺の字は相変わらず読みにくいと思うけど、読んでもらえたら嬉しいな。

俺は、先生の教え子ではありません。

そうだったならよかったのに、と心から願っていただけの、ただの部外者です。

あの交差点で君に初めて会ったとき、「小学生の頃に教わっていたんです」と言われ、つい魔が差しました。「僕もです」ととっさに答えてしまったのは、どんどん過去に押し流されていく先生との思い出を、何とかして繋ぎ止めたかったからです。先生と自分との間には強固な絆があるのだと、錯覚《さっかく》したかったのです。

やがて、先生に対する思いは、君自身に対する思いへと変わっていきました。誓って言いますが、この気持ちに嘘はありません。

君が交換日記を始めたいと言い出したのは、このためだったんだね。

回りくどいことをさせて、本当にすまない。

今すぐにでも土下座《どげざ》して謝りたい気分だけど……ここに書いたことを現実に持ち込まない、というルールはまだ生きているのかな。

とりあえず、君の返事を待つことにします。

もう一度。

本当に、ごめんなさい。

＊

あなたと先生の交換日記、全部読みました。

そして、思い出しました。

抗がん剤の副作用に苦しみながら、先生に読んでもらうための交換日記を書いていた、小学四年生のときのことを。病気が治るのか不安で、ノートのページにたくさん涙をこぼしてしまった、孤独《こどく》な夜のことを。

泣いたことを隠そうと、「水をこぼしちゃったの。よれよれだけど気にしないでね」などと、わざとらしい言い訳を書いたことを覚えています。でも、鋭い先生のことです。そんなことは、きっとお見通しだったのでしょうね。

何せ、あなたのアルコールアレルギーに気がついて、いとも簡単に正体を見破ったくらい、頭のいい人だったのですから。

それに比べて、私は本当にバカでしたね。

事故に関する曖昧な記憶を元に、あなたを悪者だと決めつけるような真似をして。ちょっと立ち止まって考え直すこともせずに、疑いに疑いを重ね、勝手な思い込みであなたを傷つけて。謝らなければならないのは、こちらのほうです。本当に、すみませんでした。

改めて考えてみると、ちっぽけなことだったのかもしれませんね。あなたや私が、実際に先生の教え子だったかどうかということは。

坂田小百合先生は、私の恩師です。

あなたにとっても、紛《まぎ》れもなく、そうなのでしょう。

それ以上でも、それ以下でもありません。

ところで、この間の交換日記で、私が大切にしているペンダントの話をしましたよね。

白血病に立ち向かっていた小学四年生の私に、「アクアマリンには健康運を上げる効果があるから」と、先生がくださったものです。

でも、後々調べてみたところ、健康運が上がるというのはあくまで副次的な効果のうちの一つにすぎず、アクアマリンは本来、人と人とのコミュニケーションを助ける石なのだそうです。愛情や友情など、様々な人間関係に調和と潤いをもたらすのだとか。

中でも、アクアマリンが「幸せな結婚」のシンボルであるということを知って、私は胸を打たれました。

あなたという素晴らしい人と、偶然にもあの交差点で出会い、こうして結ばれることになったのは、すべて先生からのプレゼントだったのではないか。先生から託された、この水色のペンダントのおかげだったのではないか。

そう、強く感じたのです。

あまりに直球に書きすぎたでしょうか。なんだか気恥ずかしいですね。でも、こうして臆面《おくめん》もなく大胆《だいたん》な言葉を伝えられるのは、交換日記のよさの一つだと私は思っています。

正直にお話しすると、あなたがひた隠しにしていた秘密の内容によっては、この交換日記のルールを破るつもりでいました。つまり、「幸せな結婚」のシンボルであるアクアマリンのペンダントを、自らの手で外《はず》す覚悟を決めていたのです。

でも、その必要はないようですね。

この交換日記を通じて、私たちが出会った理由は、ほんの少し書き換わりました。

ほんの少し、です。

あなたへの思いや、夫婦の関係性はこれからも変わらないけれど、この小さな事実を共有したことには、意味があったと思っています。

文章って、不思議ですよね。

本心を隠すことも、さらけだすことも、自由自在にできます。

相手を癒《いや》す薬にもなれば、心臓をえぐるナイフにもなります。

嘘をつくのも簡単です。どこまでが書いている本人自身の気持ちなのか、推《お》し量《はか》るのが難しく、もどかしい。

でも、私は思うのです。

一文字一文字をノートに書き記すために使った、その時間だけは本物なのだと。

内容がどうであろうと、手書きの文章の中には、相手への愛が絶対的に存在するのだと。

もしかすると、交換日記というのは、ペンや鉛筆《えんぴつ》を使うことが少なくなった現代にこそ、真価を発揮《はっき》するものなのかもしれません。

礼二さん。

「現実には持ち込まない交換日記」に付き合ってくれて、どうもありがとう。

そして、これからもよろしくお願いします。

P．S．このノートは、速やかに処分してもらえるかな？　もう、役目は十分に果たしたと思うので。

＊

ありがとう。

うん、そうしよう。誰にも読まれないように、コンビニのゴミ箱にでも捨てておくことにするよ。

さすがに、店員が拾って読むことはないだろうからさ！

＊

「おーい、百合奈《ゆりな》、パパだよ」

「あ、こっち見てる。ママだよ、分かるかな」

「そっちばっかりずるいぞ。ほら、パパのほうも向いて」

「百合奈は、ママのほうが好きだもんね」

「そんなことはないさ。あるはずがない」

「どうかな？」

「お、こっち見た！」

よかったね、と愛美は笑う。新生児ベッドに寝ている小さな我が子が、夫のとろけきった顔を見上げている。

「いないいないばあ！」

「あらあら、懲《こ》りずにまたやってる」

「くそー、相変わらず無反応だな」

「仕方がないでしょう、まだ生まれたばっかりだもの」

「いつになったら笑ってくれるんだろう？」

「焦《あせ》らず、焦らず」

秋の長い日差しが、穏やかな病室に差し込んでいる。愛美は眩《まぶ》しさに目を細め、ベッドの縁《へり》に添えられた夫の手に、自らの手を重ねる。

やがて、百合奈が、小さく可愛らしい声で泣き出した。

「交かん日記をするときのお約束」
◎使い終わったノートをどうするかは、話し合って決めましょう。

解説　——交換日記、それはあなたが解く秘密の物語

市川憂人

「辻堂ゆめの代表作は？」と問われたら、読者の皆様はどの作品を思い浮かべるだろうか。

東大在学中に『このミステリーがすごい！』大賞優秀賞を射止め、同世代の結城真一郎や新川帆立に「辻堂ショック」をもたらしたデビュー作『いなくなった私へ』だろうか。

無戸籍者たちのコミュニティを巡る事件を描き、大藪春彦賞を受賞した『トリカゴ』だろうか。

不可解な手紙で呼び出された高校生たちが教師拉致監禁事件の謎を追う、ＮＨＫでドラマ化もされた『卒業タイムリミット』だろうか。

あるいは『僕と彼女の左手』、吉川英治文学新人賞候補作『十《とお》の輪をくぐる』、はたまた「片想い探偵　追掛日菜子」「図書館Ｂ２捜査団」シリーズなどなど……。挙げ切れなかった作品も含め、読者の皆様の数だけ、様々な思いのこもった様々な答えがあ

るはずだ。もしかすると、一冊も読んだことがないという初心者の方もいらっしゃるかもしれない。

以上をすべて承知の上で、敢えて断言しよう——本書『あの日の交換日記』こそ、辻堂ミステリの最高傑作であり真骨頂である、と。

　いきなり大上段に構えてしまったが、本編をまだ読んでいない方は今すぐ冒頭に戻り、第一話「入院患者と見舞客」をご堪能いただきたい。

重い病にかかり長期入院を余儀なくされた少女と、彼女の病室を訪れ特別授業を行う先生。二人の間で交わされる交換日記から、物語は幕を開ける。

　少女は、友達の思い出や入院生活の不満を、先生は、学校の近況や少女への励ましを、互いに綴り合う。しかし少女の容態は一向に改善せず、彼女は大きな手術を受けることになる。それは交換日記の終わり、さらに、先生と離れ離れになることを意味していた……。

　一見して、ミステリとは縁遠いストーリーに思える。実際、殺人事件や不可解な出来事といった謎が、本エピソードで明示されることはない。描かれるのは、病魔に侵《おか》された少女が先生の言葉に勇気付けられ、新たな一歩を踏み出していく、切なくも温かなドラマだ。

しかしそこには、大胆に張られた伏線と、予想もつかない秘密が隠されている。目頭を熱くしつつ読み進めていたところへ、終盤である事実を明かされ、驚きの声を上げた読者は少なくないはずだ。すれたミステリファンなら「いや伏線少なくない？」と文句を口にするかもしれないが、そうした皆様も、エピソードの締めくくりの段になって、自分が大きな見落としをしていたことに気付かされるだろう。

「ミステリ」という言葉の意味や作品群が多様化して久しいが、「謎と驚きが読者を待ち構える物語」と定義するならば、本エピソードは紛れもなく、確固たるミステリの文法に則《のっと》って書かれているのだ。

秘密の内容も、単に読者を騙《だま》すだけの、いわゆる謎のための謎ではなく、物語としっかり呼応したものになっている。ストーリーと秘密が鮮やかに融合した構成は見事と言うほかない。

温かな人間ドラマと、ミステリとしての驚き。本書において両者を結びつける役割を果たすのが、書名に冠された「交換日記」だ。

元来はプライベートなものである日記を、他の誰かと共有する——という文化がいつ生まれ、どのように広まったかは諸説あるが、一九六六年に平岩弓枝『アキとマキの愛の交換日記』が刊行されるなど、高度経済成長期にはすでに認知されていたようだ。「いや全く知らなかった」、あるいは「それってSNSと何の違いが？」と思われる若い読者もおられるかもしれないが、紙のノートと筆記用具で日記を交互に書き合う慣習は確かに存在したし、今も決して滅んではいない。「交換日記を書いた経験のある10代の若者は意外と多かった」（産経新聞／二〇二三年七月三十一日）とするコメントもある。

　一方、高度経済成長期から時が流れ、ソーシャルメディアが普及した現在、日々の出来事や感じたことを綴り、他者に公開して反応を受け取る、という行為は、世界規模でごく一般的に行われるようになっている。

　ただ、ともすれば「どれだけ多く読まれ、どれだけ多く共感を集めたか」が重視されがちなソーシャルメディアに対し、交換日記は、ごく限られた——大抵は二人だけの——閉じた世界で綴られる。第三者の目線や賛同など最初から想定にない。交換日記の相手にのみ向けられた心情の発露があり——そこに記された内容は、第三者にとって大きな秘密を帯びた物語になる。

　本書は、様々な交換日記に隠された秘密を、第三者である読者が解いていく物語だ。第二話「教師と児童」は、第一話と打って変わり、児童の「私は人殺しになります」という穏やかならぬ告白で始まる。交換日記の相手である教師はどうにか思いとどまらせようとするが、児童は教師の言葉を「心にも思っていないこと」と鼻で笑い、計画を進める。

児童はなぜ殺意を抱いたのか。なぜ殺害計画を交換日記に記したのか。ミステリ用語で言う「ホワイダニット」が、収録作の中で最も明確に表れたエピソードだが、これまた最後の独白で物語の構造が反転し、交換日記に記された一言一言が、全く別の心象風景を描き出す。

第三話「姉と妹」の交換日記では、双子の姉妹の仲違いが記される。秘密の内容や締めの一文のインパクトもさることながら、多くの読者は、本エピソードの冒頭で提示される事実に「あれ⁉」と目を見開くはずだ。

第四話「母と息子」は、発達障害の少年と、彼の言動に悩む母親の物語が描かれる。思うにまかせない子育てや、殊勝なことを言いながら肝心なところは丸投げの夫に苛立ち、精神的に疲弊した母はある日、息子が交換日記に書いた一文に激高してしまうのだが……これまた、明かされる真実の意外性と切なさが光るエピソードだ。

また、本エピソード以降、交換日記の秘密の絵解きは、物語の中にちりばめられた手がかりを明示的に拾い上げる形式になっていく。

後半の第五話「加害者と被害者」は、交換日記が贖罪《しょくざい》と赦《ゆる》しの記録となる。飲酒運転で事故を起こした青年と、撥《は》ねられた女性。それぞれの立場からの日記を介した交流は、しかし秘密がつまびらかになった後、本書全体の「転」を暗示するような、これまでのどのエピソードとも異なる衝撃的な結末を迎える。

第六話「上司と部下」では、辞書的な意味での日記は登場しない。代わりに、部下が「旧時代の遺物《いぶつ》」と揶揄《やゆ》する手書きの日報が、上司からのコメントをきっかけに交換日記の役割を務める。部下が幼少期に犯してしまった小さな罪が、本エピソードの〝交換日記〟全体の秘密へと繋がっていく。

そして最後のエピソード、第七話「夫と妻」。切迫早産で入院した妻が、何もできない時間を紛らわせるためと称し、夫へ交換日記を持ちかける。しかしそこには、夫へのある疑念を確かめる意図があった――。日記に潜む秘密を、読者だけでなく、交換日記の当事者が暴こうとする本エピソードは文字通り、本書全体の締めくくりにふさわしいラストシーンで幕を下ろす。

……と、個々のエピソードをかいつまんで振り返ってみたが、「交換日記」という縛りの強いモチーフから、ここまでバリエーションに富んだ関係や物語を描き出している点にも驚かされる。作者の辻堂ゆめは、文庫版『悪女の品格』のあとがきで「デビューしてしばらく、私は『主人公の年齢や境遇を偏らせない』ことを意識していました」と語っているが、そうして培われた幅の広さが、本書にも生かされているだろうことは想像に難くない。

また、こうしたバリエーションの豊かさは、本書における交換日記の秘密、言い換えれば、ミステリとしての「謎」の幅広さにも直結している。同じモチーフを用いながらひとつとして同じ謎はなく、各話ごとに異なる色合いの秘密が、さながら万華鏡のように読者を迎えてくれる。

何より、本書が辻堂作品の中でも特に「謎解き」要素の強い一冊であることは強調しておきたい。

各話に共通する名探偵役こそ存在しないが、先に述べた通り、本書で秘密を解くのは探偵ではなく読者である。その読者を待ち受ける「謎」の密度で言えば、本書が辻堂作品の中で間違いなくトップクラスだ。

さて、本書を読了した皆様はすでにお気付きのはずだ――実はここまでの解説において、解説者は本書の読みどころを半分も伝えていない。

「出し惜しみするな、洗いざらい吐け！」とお叱りを受けそうだがそうもいかない。

読者が秘密を解く、と述べた以上、本書の内容にさらに深く言及することは、読者の楽しみを削《そ》ぐ結果になりかねないからだ。

ただ、「辻堂作品の魅力は、決して長編だけに限らない」という点は記しておくべきだろう。

恋多き高校生女子が「推し」を追いかけては事件に遭遇する「追掛日菜子」シリーズ、帰宅部生活を満喫するためにでっち上げた部活へ新入部員が集まってしまう『初恋部　恋はできぬが謎を解く』……他にも「東大生の恋がなぜ冷めたのか」のホワイダニットを描く「片面の恋」（『東大に名探偵はいない』収録）をはじめとしたアンソロジー収録作など、愛すべき短編や連作集は多い。

中でも本書は、いわゆる「日常の謎」系ミステリという観点でも出色の作品集だ。コロナ禍をテーマにした近作『答えは市役所3階に』と並び、辻堂ゆめを代表するミステリ短編集として評価されることを、そして何より、多くの読者に楽しんでいただけることを願う。

最後に。

本編の前に解説を読んで「よし、そこまで言うなら解いてやろう」と冒頭に戻ろうとしている方々へ。ゆめゆめご油断なされぬよう。交換日記の秘密を解く鍵は、すでにあなたの手の中に握られているのだから。

（いちかわ・ゆうと　作家）

『あの日の交換日記』二〇二〇年四月　中央公論新社

中公文庫

あの日《ひ》の交換日記《こうかんにっき》

2024年 3 月25日　初版発行

著　者　辻《つじ》堂《どう》ゆめ

発行者　安部順一

発行所　中央公論新社
〒100-8152　東京都千代田区大手町1-7-1
電話　販売 03-5299-1730　編集 03-5299-1890
URL https://www.chuko.co.jp/

DTP　ハンズ・ミケ
印　刷　大日本印刷
製　本　大日本印刷

Published by CHUOKORON-SHINSHA, INC.
Printed in Japan　ISBN978-4-12-207496-5 C1193

僕と彼女の左手
辻堂ゆめ
幼い頃遭遇した事故のトラウマで、医師になる夢が断たれた僕。そんな時に出会ったのは、左手だけでピアノを奏でるさやこだった。天真爛漫な彼女にいつしか僕は恋心を抱くようになるが……
〈解説〉逸木裕
イラスト／3rdeye
中公文庫

化学探偵Mr.《ミスター》キュリー

Chemistry detective
Mr.Curie Yoshihisa Kita

重版続々
大人気シリーズ
第一弾！

喜多喜久　イラスト／ミキワカコ

もし俺が警察なら、
クロロホルムを
嗅がされたという被害者を
最初に疑うだろう。

STORY

構内に掘られた穴から見つかった化学式の暗号、教授の髪の毛が突然燃える人体発火、ホメオパシーでの画期的な癌治療、更にはクロロホルムを使った暴行など、大学で日々起こる不可思議な事件。この解決に一役かったのは、大学随一の秀才にして、化学オタク（？）沖野春彦准教授——通称 Mr. キュリー。彼が解き明かす事件の真相とは……!?

中公文庫

死香探偵

尊き死たちは気高く香る

DETECTIVE OF DEATH FRAGRANCE
YOSHIHISA KITA

喜多喜久
イラスト／ミキワカコ

さて、現場の謎を
嗅ぎ解こう
じゃないか!

STORY

特殊清掃員として働く桜庭潤平は、死者の放つ香りを他の匂いに変換する特殊体質になり困っていた。そんな時に出会ったのは、颯爽と白衣を翻し現場に現れたイケメン准教授・風間由人。分析フェチの彼に体質を見抜かれ、強引に助手にスカウトされた潤平は、未解決の殺人現場に連れ出されることになり!? 分析フェチのイケメン准教授×死の香りを嗅ぎ分ける青年の、新たな化学ミステリ!

中公文庫